이향아 에세이

새들이 숲으로 돌아오는 시간

새들이 숲으로 돌아오는 시간

펴낸날 초판 1쇄 2020년 11월 5일

지은이 이향아
펴낸이 서용순
펴낸곳 이지출판

출판등록 1997년 9월 10일 제300-2005-156호
주소 03131 서울시 종로구 율곡로6길 36 월드오피스텔 903호
대표전화 02-743-7661 팩스 02-743-7621
이메일 easy7661@naver.com
디자인 박성현
인쇄 네오프린텍(주)

값 13,000원

ISBN 979-11-5555-142-4 03810

이 도서의 국립중앙도서관 출판시도서목록(CIP)은 e-CIP홈페이지
(http://www.nl.go.kr/ecip)와 국가자료 공동목록시스템
(http://www.nl.go.kr/kolisnet)에서 이용하실 수 있습니다.(CIP제어번호: CIP2020043619)

이향아 에세이

새들이 숲으로 돌아오는 시간

이지출판

프롤로그

돌아오는 새들은 나가는 새들보다 다급하지 않습니다.
둥지로 돌아오는 시간은 나가는 시간처럼 쫓기지도 않습니다.
굴참나무 숲 혹은 은사시나무 숲으로, 둥지로 돌아오는 새들의 시간.
새의 부리에는 새끼에게 먹일 평화와 사랑이 물려 있을 것입니다.
돌아온 새들이 날개를 접고 머리를 모을 때, 우리는 등불의 심지를 돋우고 이마를 마주하여 하루의 목숨을 확인할 것입니다.

천자千字 수필을 여러 해 써서 발표했습니다.
원고용지 5매 분량인 천자에도 하고 싶은 말이 모두 담깁니다.
더 쓰면 잔소리가 되기도 해서 천자로 줄였습니다.
하루하루 살아가는 2020년의 가을이 깊어 갑니다.
감사하는 마음을 담아서 이향아 드립니다.

차례

제2부

그리워라, 이슬을 맞고 있는 사람

차례

제3부
누군가, 내 이름을 불러 준 그대

제4부

그래도 이만하기 다행입니다

제1부

우리는 마주 서서 손을 흔들었다

프로메테우스의 아침

며칠 전 아침이었다. 식사 준비를 하려는데 갑자기 인덕션이 켜지지 않았다. 구입할 때 받은 사용법이 적힌 책자를 찾았지만, 무엇이나 다급할 때 찾으면 둔갑한 것처럼 눈에 보이지 않는다.

'불이 없으면 할 수 있는 일이 아무것도 없구나' 하는 생각이 불이 켜지듯이 환하게 떠오르면서, 지금까지 먹고살 수 있었던 것은 오로지 불 덕분이었다는 생각이 들었다. 그래, 인류 문명은 불의 발견으로부터 시작되었지.

그리스 신화에서 불을 훔친 프로메테우스를 생각했다. 제우스가 프로메테우스를 코카서스의 바위에 사슬로 묶고 독수리를 보내서 간을 쪼아먹게 했지만, 영원한 생명을 가진 그의 간은 끊임없이 다시 회복되곤 했다지.

'9시만 되면 제품 회사에 전화를 걸어서 고쳐 달라고 해야지. 불은 다시 들어오기로 되어 있어.'

마음을 달래면서 시계를 자꾸 들여다보았다. 오늘 아침 시계는 좀처럼 움직이지 않았다. 그러다가 가만히 있기도 초조해서 공연히 불을 다시 켜 보았다.

무슨 일이야, 요술을 부린 것처럼 불이 켜졌다. 어딘가 접속이 불완전했나 보다. 늘 우리 곁에 있으므로 고마운 줄을 모르고 무덤덤하게 지나쳤던 것들이 많다. 불이 그렇고 물이 그렇고 일광이 그렇고 공기가 그렇고 흙이 그렇고 숲이 그렇다.

어머니는 나를 누구에게 말할 때 불같다고 하셨다. 늘 결점부터 말하곤 하시던 어머니는 내가 신랑감을 처음 데리고 가서 보여 드렸을 때도, "애는 성질이 불같은데 괜찮겠어요?" 하셨다. 나는 그 말씀이 싫었다. 그렇게 급하다는 것인가, 뜨겁다는 것인가?

그런데 끝에 으레 보태는 말씀이 있었다. "그래도 이내 사그라들어요." 아, 참을성이 없다는 말씀이신가? 나를 평가하는 마지막 순간에도 내 허물을 쓸어 덮지 않으시고 드러내던 어머니, 그러나 가장 객관적인 판명을 내리시던 어머니.

나는 불의 단점을 불식하고 장점만을 보강하려고 노력하면서 물을 칭송하는 시를 많이 썼다.

그런데 오늘 아침 나는 불의 미덕만을 생각하고 있다. '이내 사그라지면 안 되겠구나' 하는 생각이다.

당신에게 보내는 지나간 한 해

문을 안으로 닫아걸었습니다. 문밖에는 덧문이 있는데도요. 두꺼운 옷으로 몸을 여러 겹 쌌습니다. 사람늘이 움츠리고 섣습니다. 자신의 동굴로, 외투 속으로, 두꺼운 껍질, 그 성곽 속으로, 꼭꼭 숨기 위하여 바삐 걷는 것입니다.

문을 닫은 집들의 유리창으로부터 빛이 흘러나옵니다. 불 켜진 창의 빛깔이 아늑한 애수를 자아냅니다. 행복에 빛깔이 있다면 겨울밤 불을 밝힌 가정의 유리창 빛깔일 겁니다.

문밖을 지나는 바람 소리가 짐승의 울음소리 같습니다. 겨울은 겹겹이 둘러싼 껍질 때문에 진실한 내면을 내보일 겨를이 없습니다. 겨울은 그 때문에 슬프고 그 때문에 고독할 것입니다.

잎을 벗어 버리고 뼈만 남은 나무들이 장승같이 서 있습니다. 살아 있다는 게 믿기지 않습니다. 그들은 입을 다문 채 길고 긴 동면을 시작할 것입니다. 땅속 깊이에는 바쁘게 여름을 살아낸 개미의 궁궐이 있을 것이고, 더 깊은 곳에는 두더지가 쌓아 놓은 도토리 더미가 있겠지만, 땅 위에는 눈바람이 매서울 뿐입니다.

겨울은 은둔의 계절, 거절과 침묵과 어둠만이 바위처럼 웅크리고서 죽음에서 헤어날 궁리를 하고 있습니다.

겨울입니다. 그리고 12월입니다. 12월, 마지막이라는 말이 잊었던 목마름을 일깨웁니다. 불안과 초조를 동반한 목마름은 시한이 벼랑 같은 경계 때문일까요? 보상을 받거나 변명할 기회가 주어지지 않을 것이라는 절박감 때문인가요?

나는 두 번 다시 만날 수 없는 이와 이야기를 나눌 때 언제나 조심스럽습니다. 혹시 소홀히 했거나 실수를 저질렀을 때도 다시 회복할 기회가 주어지지 않으니까요. 그러나 어제도 오늘도 만났으며 앞으로도 계속 만날 수 있는 당신과 마주할 때 나는 다소 방종해도 될 것입니다. 당신은 나를 알고 있으며, 나는 잘못을 용서받거나 수정할 수도 있으니까요.

지금은 12월, 하강의 곡선이 바야흐로 지평선에 이르는 이 시간은 황혼. 나는 이 편지를 당신에게 보내고 싶습니다. 지난 일 년을 함께 묶어서 보내듯이.

우리는 마주 서서
손을 흔들었다

주말의 대학로는 붐볐다. 노천카페에는 빙 둘러서 화분들이 놓이고 거기엔 베고니아, 제라늄 같은 꽃들이 싱싱하게 어우러져 있었다. 잘 정돈된 가게들. 그 가게의 멋진 이름들, 사람들은 자욱한 대화 속에 잠겨 있었다. 모두 편안하고 건강하고, 그리고 행복한 듯하였다.

"우리가 옛날 외국 영화 속에서 보았던 풍경 같아요. 참 많이 변했지요? 풍요로워지고…."

"옛날과 달라진 게 한두 가지가 아닙니다."

"궁둥이만 겨우 가린 저 짧은 치마 좀 보세요. 서양 잡지에서나 볼 수 있던 것인데…. 젊은 애들이라서 그래도 이쁘지요?"

"거리에서 애정 표현을 하는 것도 그래요. 우리는 손을 잡는 것도 사람들이 보는 앞에서는 부끄러웠는데."

"남이 봐도 상관없어요. 타인의 눈길을 즐기나 봐요."

"그래도 꿈꾸던 세상이 온 것만은 분명한데, '행복하십니까?' 물으면 절레절레 고개를 젓습니다. 행복은 언제나 멀리 있나 봐요."

"현재는 지금 마주 대하고 있는 냉정한 투쟁이니까요."

“과거는 그리움과 후회~~”

“미래는 아득한 기대와 호기심. 막연한 두려움이 지치게 하지요.”

“이런 모임에 왔다 돌아가는 길은 언제나 쓸쓸해요.”

“신인과 후배들이 많이 나왔고, 낯설어서 그럴 겁니다.”

“문단의 어른들도 많이 가시고 이제 선배 노릇을 해야 하는데….”

“그래야지요. 후배로 있을 때가 편했어요. 생각해 보면 버릇없는 짓도 많이 했어요.”

“그래도 열심히 참여합시다. 서로 건강한 얼굴이라도 보게….”

H시인과 나는 얘기를 주고받으면서 한참을 걸었다. 그러다가 그는 길 이쪽에 그대로 있고 나만 횡단보도를 건넜다. 길을 다 건너서 돌아다보았더니 그는 아직 가지 않고 서 있었다. 우리는 마주 서서 손을 흔들었다. 가슴이 싸아하고 뭉클하였다.

우리는 어떤 잡지사에서 주최하는 올해의 문학상 시상식에 참가했다가 집으로 돌아가는 중이었다. 벌써 11월, 올해도 다 갔다.

유프라테스,
나일강 유역

생활하는 데에 고급스러운 지식은 별로 필요하지 않다. 국어를 배워서 편지를 읽고 쓸 수 있으면 된다. 신문을 읽고 세상 돌아가는 이야기를 할 수 있으면 더 좋겠지만.

산수를 배워서 물건값을 치르고 거스름돈을 제대로 받을 수 있으면 된다. 그러나 대부분의 사람은 삼각형 두 변의 합이 한 변의 길이보다 길다는 것까지도 알고 있어서 지름길로 가려고 한다.

과학을 배워서 산소와 탄산가스 중 무엇이 호흡에 유익한 것인가를 알고, 음악을 배워서 박자를 맞출 줄 알면 된다. 생활하는 데에는 초등학교만 제대로 나와도 아무 불편이 없다. 요즘은 초등학교에서 영어까지 가르치니까, 더욱 그렇다.

초등학교 사회 시간에 세계 4대 문명의 발상지를 배웠다. 중국의 황하 유역, 이집트의 나일강 유역, 인도의 인더스강과 갠지스강 유역, 그리고 메소포타미아의 유프라테스강과 티그리스강 유역….

많은 것들을 잊어버렸는데도 왜 꼬불꼬불 외우기도 어려운 그 지역들의 이름을 잊어버릴 수 없었을까. 잊어버리지 못해서 때때로 괴로워야 하는가.

수년 전 미국 대통령이 이라크를 상대로 전쟁을 시작했을 때 나는 폐허와 같은 이라크를 보면서 가보지 못한, 그러나 반드시 가봐야 한다고 생각하는 메소포타미아의 이름을 안타깝게 불렀다.

봄이었고 우리나라 산동마을 여기저기에 산수유가 노랗게 피어나고 있을 때, 광양에는 매화꽃이 한창이라고 할 때, 텔레비전이 보여 주는 메소포타미아의 유프라테스강 유역에는 시뻘건 불꽃이 만발해 있었다. 누가 이겼는지 누가 어떻게 졌는지 그런 것은 소상하게 따지거나 설명할 수 없고 설명하고 싶지도 않지만, 이제 그 불꽃들은 가라앉았다.

날마다 변하는 시끄러운 세상에서, 올겨울에는 가야겠다. 나일강 물결에 손을 담그고, 지하에 묻혔던 순금의 관 속에 미라로 누워있는 투탕카멘, 소년 왕의 얼굴을 보고 와야겠다. 마부를 거느리고 피라미드 아래서 한 닷새 나그네로 떠돌다가 오고 싶다.

서로 가슴을 겨냥하였다

하루를 강변을 돌면서 지냈다. 바람이 불고 나무들은 머리카락을 산발하고 흔들면서 말 울음소리를 냈다. 라디오에서는 또 다른 이름의 태풍이 몰려올 것이라 하지만, 우리는 이미 태풍의 한가운데서 살고 있는 중이다.

오늘 동행한 친구는 새로 연시戀詩를 쓰고 있다면서 읽어 주었다. 찻집이 조용하여 우리 말소리가 들릴까 봐, 그는 속삭이듯이 시를 읽었다.

그리움과 기다림과 아쉬움으로 일관되는 연시. 그러나 사실, 모든 시는 연시를 지향하지 않을까? 시의 본질은 결핍을 호소하는 그리움이고 채워질 때까지의 기다림이다. 충만 가운데에는 맑은 시심이 머물기 어렵다.

나는 그가 언제까지 연시를 쓸 생각인지 궁금했지만 묻지 않았다. 사실은 나도 연시를 쓰겠다고 선포했었고, 스스로는 지금도 쓰고 있다고 생각하니까. 다만 내가 쓴 그 연시를 다른 사람들이 연시로 읽어 주지 않는다는 것이 다를 뿐이다.

나는 그리움도 기다림도 걸러 버리고 습기를 건조하여 비말로 흩어 버리곤 한다. 눈앞에 서리는 안개를 걷어 뙤약볕에 말리고, 나는 한줌으로 바스러진 진수를 얻기 원하는가. 유연해야 할 연시의 세부를 오히려 경직된 목소리로 바꾸어서 공격하듯이 토한다.

엊그제 만난 친구에게 '우리는 마주 앉아 방아쇠를 당겼다'라고 적은 구절을 보여 주면서 "이것은 어떤 상황을 그린 것 같으냐?" 물었다. 그도 역시 글을 쓰는 친구인데, 별 힘도 들이지 않고 "서로 한 번 맞붙자는 것 아닙니까? 죽을 수도 있는 게임 같아요"라고 하였다.

나는 그의 독해력이나 문학적 정서를 의심하지 않는다. 내가 두른 베일이 너무 육중하다는 걸 인정해야겠다. 나는 다시 '우리는 마주 앉아 눈빛을 겨냥하였다'라고 고쳐 썼지만, 그에게 보여 주지 않았다. 너무 축축하다는 생각이 들었기 때문이다.

사실 눈빛을 겨냥하기보다 서로의 심장을 겨누어야 한다. 그것이 가장 순수하다. 그런데 나는 왜 자꾸 낯간지러워지는가. 언제부터 그런가? 혹시 오래전에 눈물과도 이별한 것은 아닌가?

들 끝 마을, 쑥부쟁이

친구들 몇이 정기적으로 만난다.

늘 같은 장소에서 만나다가 오늘은 모처럼 분위기도 바꿀 겸 교대역 근처에서 모이기로 하였다.

오늘 회의를 주도하는 친구가 카톡에 식당 이름과 위치를 설명하고 자기가 먼저 나가서 몇 번 출구 앞에서 기다리마고 하였다. 행여 잊어버리고 다른 약속을 하는 사람이 없도록 그는 꼼꼼히 확인하였다.

나는 오전에 할 일을 서둘러 마치고 약속 장소로 가면서 '식당 이름이 무엇이더라?' 생각했다. 카톡에 올려진 글을 찾아보면 금방 알겠지만 걸어가면서 손가방을 여는 일이 귀찮았다.

문득 떠오르는 이름이 '쑥부쟁이'였는데, 생각할수록 그건 아닌 것 같아서 귀찮지만 메시지를 확인해 보았더니 '들 끝 마을'이었다. 나는 혼자 웃었다. 왜 '들 끝 마을'이 생각나지 않고 '쑥부쟁이'라는 말이 떠올랐을까.

모두 모인 앞에서 내가 이 사실을 고백했더니 '들 끝 마을'과 '쑥부쟁이'는 상당한 연관성이 있다고 목소리들을 높였다.

첫째는 4음절이라는 것. 그러나 네 음절의 말이 얼마나 많은가. 산천초목, 춘하추동, 동서남북, 낙화유수, 천생연분, 지상낙원, 남녀노소, 종일 외워도 다 못 외울 정도인데….

둘째는 둘 다 궁벽한 이미지라는 것이다. 들 끝 마을은 들의 끝에 있는 아득한 마을이고 쑥부쟁이는 들판에서 자라는 식물이라는 것. 들 끝 마을에 쑥부쟁이 꽃이 피고 쑥부쟁이는 들 끝 마을을 고향으로 안다고 하였다.

사물들은 그 사물을 둘러싼 어휘의 무리와 공존하고, 어휘들은 유사성과 연관성을 따라서 함께 뭉쳐 다닌다. 청춘이라는 말에는 열정과 사랑과 희망이란 말이 뭉쳐 있고 전쟁이라는 말에는 무기, 공포, 살상이란 말이 따라다니겠지.

사람에게도 연상되는 어휘가 있을 것이다. 내가 몰고 다니는, 혹은 따라다니는 어휘의 무리는 어떤 것들일까. 갑자기 긴장이 된다.

마지막 파티

"이것이 마지막이어요. 앞으로는 자신이 없어요."

요즘 첫 시집 출간을 앞두고 빅 시인은 계속 첫 시집이 마지막 시집이 될 것이라고 말한다. 교정을 보면서도, 표지화로 쓸 그림을 고르면서도 그는 마지막 시집이라는 말에 붙들려 있다.

"그렇게 말하지 않는 게 좋아요."

여러 번 막았지만, 전화를 할 때마다 '마지막'이라는 말을 반복하였다.

내가 막 스물을 넘겼을 때, 〈내가 마지막 본 파리〉라는 영화를 보려고 버스를 타고 멀리 떨어진 전주까지 갔었는데 영화 내용은 전혀 생각나지 않는다. 나는 아마 '마지막'이라는 말에 붙들려서 정신없이 달려갔을 것이다.

"이번만, 딱 한 번만 봐줘. 마지막이야." 이 말에 넘어가서 선심을 쓰기도 하고 참을 수 없는 일을 참기도 한다.

노름꾼은 수없는 마지막을 약속하면서 마누라 허리춤에 꼬깃꼬깃 감춰 둔 갈비뼈보다 소중한 돈을 빼내기도 한다.

"헤어지기 전 마지막으로 한 번 만나요."

그러나 마지막 날 마음이 풀려서 헤어지지 못한 사람들도 있다.

서로의 모습을 풍경을 조망하듯이 바라보았을까, 아무런 욕심도 없이 지나가는 바람에 스치듯이 이별의 시간을 만났을까. 다시는 만날 수 없다고 하니, 서로 아까운 마음이 들었던 걸까.

이번에 시집을 내는 시인은 나이도 지긋하고 몸도 건강한 편이 아니니 그런 생각이 들기도 할 것이다. 그러나 시집을 내고 나면 갈수록 시에 대한 애정도 깊어지고 자꾸 시가 쓰고 싶어질 것이다. 마지막을 선언하였으니 전보다 더 시를 사랑하게 될 것이다. 그렇게 마음이 편안해지면 건강에도 차츰 자신감이 생기겠지.

마지막 포옹, 마지막 한 마디, 마지막 선택, 마지막 파티.

뛰어내릴 벼랑 같기도 하고 앞을 가로막는 절벽 같기도 한 마지막. 온갖 유혹과 고난을 헤쳐 온 마지막은 분명 풋내기인 처음보다야 훨씬 다부질 것이다. 마지막이라는 말이 믿을 수 없는 말이어서 그나마 다행이다.

드 퀘르뱅 병

De Quervain disease

한 달도 넘었을 것이다. 자고 일어났더니 손목이 시큰시큰 아팠다. 그럭저럭 선닐 반해서 낫겠지, 낫겠지 하다가 시간이 꽤 오래되어 버렸다. 나는 원래 병원에 가기를 싫어하고 어지간하면 참는다. 그러나 갈수록 더 아프고 며칠 전부터는 부어오르기까지 해서 오늘은 만사를 제쳐놓고 병원에 갔다.

나이가 지긋한 정형외과 의사는 내 팔목을 앞으로 꺾었다 뒤로 젖혔다 하였고, 나는 그때마다 비명을 질렀다. 그는 고개를 끄덕이더니, "일을 많이 하시는 모양인데 무슨 일을 하세요?" 물었다.

막상 그렇게 물으니까 나는 내가 무슨 일을 하는 사람일까, 잠시 멍청하니 있었다. 그런데 옆에 있던 남편이 너무나도 뻔한 정답이라는 듯이, "컴퓨터 자판을 많이 두드립니다" 했다. 내가 컴퓨터에 오래 붙어 있는 걸 싫어하더니 그는 마치 고자질하는 아이 같은 어조로 말했다.

의사는 초음파 검사를 하면서 화면을 돌려서 내게 보여 주었다.

거기에는 시꺼먼 띠가 여러 개 있는데 그게 바로 염증이 있는 부분이라고 했다.

"매우 심하신데요."

"정식 병명이 무엇인가요?"

의사는 메모지에 '드 퀘르뱅 병'이라고 써 주었다. 조금 전에 인터넷을 검색했더니 'De Quervain disease'라고 나와 있다.

명절에 만난 대전 큰아들이, "한방에서는 건초염이라고 해요. 근육을 싸고 있는 섬유조직에 염증이 생긴 것인데 쓰시면 안 돼요. 소염제를 드셔야 해요" 했지만, 명절에 모두 문을 닫아서 오늘에야 병원에 간 것이다.

서너 종류나 되는 물리치료를 해 주고 부목을 대주고 약 처방전을 주었다. 나는 지금 이상한 자세로 이 글을 쓰고 있다. 원고의 마감일이 모두 25일부터 28일 전후다. 언제나 중요한 일은 내게 불리한 경우를 비집고 들어와서 내 능력의 한계를 시험한다.

손목에 염증을 불러오면서까지 나는 얼마나 대단한 글을 썼을까. 그 한정된 시간에 얼마나 적절한 화답을 했을까.

빨간 지갑

나는 한때 봄이 싫었다. 봄바람, 나른한 기분, 달뜬 흥분이 싫었다. 너나 할 것 없이 일제히 일어나서 만장일치로 박수를 치며 무더기로 피는 꽃이 싫었다. 봄눈 녹아 흐르는 시냇물 소리가 아슬아슬하였다. 저대로 천천히 흐르지 못하고 급기야 방만한 자유로 출렁거리다가 흙탕물로 분별없이 넘치게 될까 봐 걱정스러웠다.

내가 봄을 싫어하던 그때는 분홍색도 싫었다. 냉철한 이지가 없는 몽롱한 감미로움, 거기 얹힌 낙천이 바보 같았다. 따뜻함보다 서늘함이 좋았다. 맑은 공기, 푸른색, 찬 달빛, 시원한 눈매, 싸늘한 이성이 좋았다.

봄을 싫어하던 그때 나는 아마 봄의 젊음을 누리고 있었을까? 내가 붉은색 계통을 기피하던 그 시절에, 나도 분홍색 아니면 빨강색으로서, 동질의 봄을 비판적인 시선으로 바라보았겠지. 내게는 얼음의 투명함과 가라앉은 강물의 엄숙함, 예지의 푸른 손수건, 내 속의 열기를 냉각시킬 차가움이 필요했을 것이다.

봄바람을 싫어했던 것은 내 가슴에 불던 방황의 바람 때문이며, 내 속의 열정을 믿지 못했기 때문이다. 봄은 무작정 부드럽고 따뜻하지 않다. 봄은 막 첫 소리를 내려고 울먹이는 악기처럼 떨리지만 절대로 연약하거나 부드럽기만 한 건 아니다.

봄철의 방황은 최선의 길을 모색하려는 용기이다. 봄에 방황하지 않으면 되돌아서지 못한 지난날을 두고두고 후회할 것이다. 겨우내 죽은 듯이 엎드렸다가 무더기로 피어나도 속되지 않은 꽃, 봄꽃들은 긴 겨울의 침묵과 어둠과 죽음을 이긴 생명을 절규한다.

설렌다는 것은 감동하고 있다는 것, 감동한다는 것은 순수하고 결백하다는 것이다. 무감동한 얼굴처럼 냉혹한 것은 없다. 죽도록 설레는 가슴만 가지고 있어도 그는 끝까지 젊을 것이다. 나는 봄바람에서 처절하고 엄정한 생명의 소리를 듣는다.

엊그제 빨간 지갑을 사면서 마음이 쓸쓸하였다.

나는 벌써 방황을 끝낸 귀환자로 이렇게 조용히 서 있는 것인가.

인생을 그리다

하늘빛이 금세 어두워지고 낙엽이 바람에 이리저리 휘돈다. 몇 미터 앞에 김 선생님의 모습이 보였다. 서양화 교실 회원 중에 90세의 어른이 계시는데 우리는 그를 '김 선생님'이라고 부른다. 13년 전부터 그림을 그렸다는 그는 회원 중 가장 활발하고 유쾌하다. 교실 분위기는 인생을 관망하면서 지혜롭게 살아가는 김 선생님을 중심으로 자연스럽게 흘러가고 있다.

옆에서 주워들은 바로는 예비역 장성이라는데 본인은 그 사실을 발설하지 않으려고 한다. 아내와 2년 전에 사별하고, 세 딸이 걸어서 5분도 안 되는 거리에 살고 있으며, 일주일에 한 번 도우미 아주머니가 온다고 했다.

"내가 어떻게 지내고 있는지 보려고 예전 동료들이 우리 집에 온대요. 즈이들 생각에는 내가 심란한가 봐. 얼마나 씩씩하게 살고 있는지 이참에 확실하게 보여 줄 거야."

한 달 전에는 유화반 회원들을 불러서 병어찜 요리를 먹였다.

부엌살림이며 가재도구가 깨끗하게 정돈되어 있고, 책장 몇 칸에는 몇십 년 동안의 일기장과 가계부가 연도순으로 꽂혀 있었다.

그의 동료들도 안심하고 돌아갈 것이다.

저녁에 양재천변을 걷다가 만나, '선생님!' 하고 불러도 이어폰을 꽂은 채 그냥 지나갈 때가 많다. 무얼 그리 열심히 들으시느냐고 했더니 외국어와 음악이라고 했다.

"나 그림 그만해야 할까 봐, 발전이 없어."

지난주에 김 선생님이 말했다.

"그런 말씀 마세요. 그럼 저희들은 기운 빠져서 못해요."

모두 안 된다고 비명을 질렀다. 그는 몇 달 전에 내가 진행하는 문학 강좌에도 나왔었다. 얼마나 진지하게 경청하는지 혹시 말이 헛나올까 봐 조심스러웠다.

"특별히 아픈 데는 없는데 왜 이렇게 체중이 줄지 않는지 몰라. 딸들이 '아빠 뱃살!' '아빠 뱃살!' 하면서 난리라니까."

뱃살이 좀 나오긴 했지만 아무 병 없이 건강하니, 그렇게만 산다면 나이를 먹는 것도 그리 두렵지 않겠다는 생각이 든다. 오늘도 그를 둘러싸고 그림을 그리기보다 인생을 그리는 일에 열중하였다.

없어요,
선생님

오늘은 8월의 끝. 내일부터 9월 시작. 새로운 시간의 눈짓에 속지 않으려는 듯이 나는 애써 덤덤한 마음으로 무장한다. 그러면서 속으로 생각했다. 이게 바로 내 사귐의 방식일까?

너무 친절한 사람을 만나면, 저건 제스처일 거야, 과장된 표현이겠지, 내 속을 한번 떠보는 것이겠지 하는 식으로….

그러나 속으로는 파문이 일고 전율하고 감격하고 때로는 눈물겹기도 한, 속내를 들키지 않으려고 엉뚱한 짓도 하는, 어려서부터 길들여 온 이런 습관은 솔직하지 않을 뿐만 아니라 내 스스로를 괴롭히는 일이기도 하다. 요즘 아이들은 나와 많이 다르다.

엊그제 문학 행사에서 국악을 공부한다는 학생이 찬조 출연을 했었다. 학생은 무대에 올라가서 진도아리랑 등 두 곡을 불렀는데 끝나고 나서 앙코르가 터지자,

"혹시 앙코르를 원하지 않으시면 어쩌나 걱정했어요. 그래서 바로 앞에 앉은 제 남자 친구에게 앙코르를 외쳐 달라고 부탁하고 나왔는데… ㅎㅎ… 감사합니다. 미리 준비했거든요."

모두 폭소하였다. 누가 묻지도 않았는데 '남자 친구'까지 공표한 셈이다.

"사귀는 사람 있나?"

지도교수가 어느 날 진지하게 물었었다. 나는 마악 사귀기 시작한 남자가 있었지만 손까지 내저으면서 펄쩍 뛰었다.

"없어요, 선생님!"

어쩌자고 그랬는지 모르겠다. 지도교수를 신뢰하지 않았던 것도 아니고, 사귀는 친구를 우습게 여기거나 임시방편으로 생각했던 것도 아닌데, 왜 그랬을까?

그때 내가 마음을 열어놓고 내 인생행로를 안내받고 싶어 했다면 선생님은 얼마나 기뻐하셨을까. 내가 교수가 된 후에야 그렇다는 걸 알았다. 실연한 제자, 이혼한 제자가 눈물 콧물 얼룩진 얼굴로 어긋한 사랑을 고백해 올 때, 나는 그보다 더 절절한 마음으로 함께 울지 않았는가? 나는 왜 그렇게 철의 장막을 쳤을까.

나성에 가면 편지를 보내 줘요

오늘 여성주간 행사가 열렸다. 전국에서 모범적인 삶을 이끌어 온 여성들을 표창하는 행사였는데, 시상식을 시작하기 전 시각장애 여성들의 스포츠댄스 등 몇 종목을 관람하였다.

'시각장애'라는 말 뒤에 '관람'이라는 말을 덧붙이니 매우 어색하다. '본다' 혹은 '관람한다'는 말이 이렇게 방자하고 외람된 말이라는 걸 몰랐다. 시각장애 여성과 건강한 남성 파트너가 한 조를 이룬 다섯 조, 열 명이 함께 춤을 추었다.

> 나성에 가면 편지를 보내 줘요. 사랑의 이야기 담뿍 담은 편지를.
> 나성에 가면 소식을 전해 줘요. 하늘이 푸른지 마음이 밝은지.

흥겨운 반주에 맞춰 동작을 시작하였는데 연습을 얼마나 열심히 했는지 아주 예쁘게 추었다. 처음에는 잠시 당황한 듯 흐트러진 모습을 보였지만 차츰 분위기에 익숙해지면서 박자가 척척 맞고 민첩하게 발을 옮겼다.

남자들은 까만 셔츠, 여성들은 분홍이나 보라색 반짝이는 원피스에 잔주름을 잡은 귀여운 차림이었다. 앞으로 갔다가 옆으로 가고 뒤로 갔다가 휙 도는 동작을 반복하면서 그들은 통일된 감각으로 움직였다. 여기저기서 감탄하는 소리가 터져 나왔다.

나는 아무 소리도 나오지 않았다. 박수를 쳐야 한다는 생각도 하지 못했다. 내가 만일 환호하고 박수를 친다면 시력이 건재함을 과시하면서 즐기는 것이 되지 않을까, 나는 아무 소리도 낼 수 없었고 아무 짓도 할 수 없었다.

그러나 나처럼 반응을 보이지 않는 것도 예의가 아닐 것이다. 형용할 수 없는 슬픔이 가슴에 골을 파고 흘렀다. 그들은 물론 자신이 지금 얼마나 매력적인 동작을 하고 있는지, 입고 있는 옷 빛깔이 분홍인지 보라인지 모를 것이다. 옷을 장식한 유리구슬이 얼마나 눈부시게 반짝이는지도 모를 것이다.

> 나성에 가면 편지를 띄워 줘요. 즐거운 날도 외로운 날도 생각해 주세요. 나와 둘이서 지낸 날들을 잊지 말아 줘요.

춤은 벌써 끝나고 노래 가사로 가득 찬 내 가슴이 입만 벌리면 터질 듯 뜨거웠다. 나는 꼼짝하지 못하고 앉아 있었다.

그해 겨울 서쪽 하늘

벌써 10년도 더 지난 이야기다. 대한민국의 유력한 노벨문학상 후보자로 서정주 선생님이 여러 해 거론되곤 했었다. 선생님께서 병환으로 오래 누워 계신다는 소식을 듣고 서울에 온(나는 그때 광주 호남대학교에 재직 중이었다.) 김에 찾아뵈었다.

쇠약할 대로 쇠약해진 선생님은 정신이 혼미한가 싶다가도 어느새 가다듬어 정확하고 예리한 판단으로 올바른 말씀을 해서 옆에 있는 사람들을 놀라게 하곤 하셨다.

"선생님, 이제는 선생님께서 노벨문학상을 타실 때가 되었어요. 어서 쾌차하셔야지요."

과연 그 시간 그 장소에 어울리는 말인지는 모르지만, 나는 선생님을 조금이라도 위로하여 힘을 드리고 싶었다. 그런데 갑자기 선생님께서 자세를 가다듬고 그 음성에 힘이 실리더니,

"응! 그렇지 않아도 스웨덴에서 나를 만나러 사람이 왔었다."

마치 사실로 있었던 일인 것처럼 똑똑하게 말씀하신 후 선생님은 고개를 들어 멀리 창밖을 바라보셨다. 나는 예상하지 않았던

선생님의 반응에 놀라면서도, 모든 수식과 장치를 제거한 그분의 마음과 순전한 열망을 엿보았다. 아무런 말도 없이 가만히 있을 수도 없고 또 무엇인가 자꾸 죄송한 마음도 들어서, 나는 겨우 "예~, 그러셨군요"를 반복하였다.

그러나 '응! 그렇지 않아도 스웨덴에서 나를 만나러 사람이 왔었다'는 그 말씀, 멀리 창밖을 바라볼 때의 선생님의 아득하던 그 눈빛 때문에 나는 가슴 한쪽이 무너져 내리는 것처럼 아팠다.

노벨문학상을 받으러 날아가야 할 서쪽 하늘 멀리서는 그해 겨울을 재촉하는 이른 추위가 몰려오고 선생님의 건강은 자꾸 나빠지고 있었다. 그리고 그로부터 한 달 후쯤 선생님이 별세하셨다는 소식을 라디오 아침 뉴스로 들었다.

이제는 수명이 더 길어져서 보통 100세를 넘게 살 수 있다는데, 선생님이 조금만 더 오래 살아계셨다면 높아지는 국력과 더불어 노벨문학상도 가능했을 텐데, 이런 말을 지금 해서 무엇하겠는가.

나야!
모르겠어?

수십 년 만에 동창회에 다녀왔다.

축하음악회는 저녁 7시부터인데, 동창생들의 민찬은 시내에서 가장 오래된 중국음식점에서 5시부터라고, 우리들의 추억을 위해 모두 익히 알고 있는 그 음식점으로 정했다고 하였다.

아래층에서 일러주는 대로 삐거덕거리는 나무계단을 밟고 올라가서 2층 1호실 문을 열었을 때, 왜 이렇게 늙은 여자들로 가득 찼단 말인가. 엉뚱한 방으로 들어간 것이 아닌가? 당황하여 나도 모르게 한 걸음 뒤로 물러섰다.

한 친구가 손을 까불렀다. 서울에서 가끔 만나는 친구였다. 처음에는 서로 웃을 듯 말 듯, 탐색하면서 좀 어이가 없다는 표정을 지었다. 그것은 마치 '나를 모르겠느냐?'고 문책하는 듯한 얼굴이었다. 혹독한 세월이 흘러가면 무엇이나 변하기 마련이지만, 너무 심하게 변한 얼굴들도 있어서 마음을 아프고 슬프게 하였다.

얼마간의 시간이 지난 다음에야 '어머, 어머' 소리가 여기저기서 터지고 '어이구 세상에! 이럴 수가 있니?' 깔깔대는 소리가 들렸다.

그래도 동창회에 참석할 수 있을 정도면 살기가 어렵지 않다는 증거다. 아무리 수소문하여 알아봤지만 죽었는지 살았는지 모르는 친구도 있고, 실제로 세상을 뜬 친구도 적지 않았다.

커다란 원탁 두 개 중 안쪽에는 남자 노인네들 몇 분이 따로 앉아 계셨다. 분명히 은사님들인데 성함이 얼른 생각나지 않았다. 선생님 세 분 중 한 분은 거동이 불편했고, 한 분은 귀가 어두웠다. 그리고 또 한 분은 도저히 믿기지 않을 만큼 변해 있었다. 아마 그 분은 젊었을 때 미남이었고 다정다감하여서 인기도 높았으며, 그에 따른 에피소드도 화려했던 바로 그 Q선생님일 것이다. 나는 놀라는 기색을 보이지 않으려고 했다.

"선생님! 저 이향아입니다. 선생님, 건강해 보이세요."

"응. 내가 잘 알지, 물론 알고말고."

그러나 아시는 것 같지 않았다. 귀가 어두운 선생님은 엉뚱한 말씀을 하셨다. 그러나 그분들도 얼마 후에는 만나지 못할 것이다.

혼자 속으로만 생각하였다

치과에 다녀왔다. 왼쪽 윗니가 흔들려서 고생하다가, 오늘은 치과에 가서 입을 벌리고 나를 맡겼다. 마취를 하디니 드르륵드르륵 갈아내는 소리가 들리고 쓱싹쓱싹 깎아내는지 다듬는지 요란하였다. 이러다가 이가 다 없어지는 것은 아닌가 생각될 만큼 복잡한 공사였다.

치과에 갈 때마다 생각하는 것은 우리가 한평생 치과 예비환자라는 것이다. 젖니를 갈고, 충치를 치료하고, 틀니를 하든지 임플란트를 하든지 줄곧 연관을 맺고 산다.

이를 빼고 나면 야릇한 슬픔에 젖는다. 내 몸의 뼈, 뼈 중의 뼈, 그것을 빼서 어디로 가는지도 모르는 쓰레기통에 버리는 것이 두렵다. 얼마나 불효막심한 일인가.

이를 빼낸 자리를 거즈로 틀어막고 집으로 오면서 박탈감도 아닌 것이 억울함도 아닌 것이 나를 울고 싶게 하였다. 점심시간도 지나 오후 2시가 가까운데 병원에서 일러 준 대로 죽이나 누룽지를 먹어야겠지. 딱딱한 누룽지를 물에 담가 놓고 퍼지기를 기다린다.

수십 년 동안 나를 먹여 살리던 이빨 하나가 닳고 닳아서 더는 못 쓰게 되었다. 나는 아무렇지 않게 그를 처분해 버리고 지나간 다음에야 그의 고마움을 생각하는가.

철통같이 믿었던 몸이 순행을 멈추고, 바늘 끝만큼이라도 어긋나면 고통과 불편을 절감한다. 나를 실어나르느라 희생하는 몸. 소중하고 고마운 몸.

근처 약국으로 가서 처방전을 내밀었다.

"이것은 진통제, 이것은 소염제, 이것은 항생제, 모두 3일분입니다. 천 원입니다."

나는 귀를 의심했다. 천 원이라니. 현금 천 원이 없어서 카드를 내놓기가 부끄러웠다.

"천 원을 카드로 계산하게 되었네요. 미안해요."

중년의 약사가 웃으면서 "괜찮습니다"라고 하였다. 웃고 있는 그녀의 잇속은 희고 가지런하였다. 약국 문을 나와서 몇 걸음 걸어오다가 다시 그 약국을 돌아다보았다. 조그맣게 수정약국이라고 씌어 있었다. '이름도 맑고 곱네.' 혼자 속으로만 생각하였다.

중심이 아니어서
슬픈가?

오늘이 벌써 목요일, 이번 주도 하강선을 타고 있는 중이다.

아침에는 바쁘니까 저녁으로 미루고, 저녁에는 피곤하니까 다시 이튿날로 미루면서 발톱을 여러 날 깎지 못했다.

발톱과 더불어 발에 특별한 애정을 기울이던 시절이 있었다. 그들이 신체의 변두리에 있다는 것이 그 이유였다. 신체의 최하부에서 말없이 복종하며 나를 지탱시키는 발과 발톱에 대한 당연한 관심이었다.

머리가 궁리하고 얼굴이 사교하고 배가 탐욕을 채우고 가슴이 사랑할 때, 발은 다만 육체의 머슴이었을 뿐이다. 나는 한때 색깔을 골라서 발톱에 매니큐어를 칠해 주고 예쁜 슬리퍼를 신기어 호강시켜 주어야 한다고 생각했었다.

언제부터 나태해졌을까, 나는 잊은 것이다. 특별히 발만 잊은 것은 아니겠지만, 그들에 대한 관심이 식었다면 내 삶의 전반적인 상태가 혼돈에 이른 것인가? 발과 발톱에 앞서 나 자신에게 미안하다.

지난번 잘못 자른 발톱이 차츰 발가락을 밀고 올라와 아프다.

발톱이 반란을 일으킨 모양이다. 제대로 다스리지 못한 내 잘못이 크다. 몸의 변두리에 발톱이 있다. 시가지의 변두리에는 쓰레기 처리장이 있다. 인간 사회의 변두리에는 어둠이 있을 것이다.

몸의 변두리를 잘 관리하지 못하면 염증을 불러와서 몸이 불편하고, 시가지의 변두리를 살피지 않으면 시가지 전체가 슬럼화하여 악취에 시달릴 것이다. 인간 사회의 변두리 어둠 속에는 죄악과 공포가 독버섯처럼 피어날지도 모른다.

말초와 모세혈관이 원활하게 유통해야 건강해진다. 나는 가끔 내가 지금 어디에 서 있는지 궁금할 때가 있다. 혹시 중심이 아니어서 슬픈가? 부끄러운가? 존재감을 잃어버리고 함부로 행동하고 싶은가?

아니다. 그렇지 않다. 두 손을 뻗어서 불을 켜 보자.

어둠은 녹아들어 햇무리로 떠오르고 내가 지금 서 있는 여기는 대낮이 될 것이다. 시간이 지날수록 중심이 될 것이다.

개와 강아지

저녁 산책길에서 개를 데리고 나온 사람들을 많이 만난다. 줄에 매어 끌지 않고 아기를 그러듯이 유모차에 태우고 조심조심 밀면서 걷는 사람도 있다. 그들의 대부분은 작고 앙증맞은 종자라서 개라는 말보다 강아지라는 말이 어울릴 것이다.

강아지들은 주인의 취향대로 멋을 냈다. 옷을 입힌 듯 헝겊을 두르거나 리본을 묶거나 방울을 달기도 하였다. 강아지를 데리고 나온 사람들은 한껏 뽐내면서 자랑스럽게 걷는다.

나는 문득문득 키우다 죽은 우리 개들을 생각한다. 잠깐 풀어놓은 사이 쥐약 먹은 쥐를 잡아먹고 죽은 개. 포도주를 거르고 찌꺼기를 꽃밭에 묻었는데 그걸 파먹고 술 취해 죽은 개.

옛날의 우리 개들과 저 강아지들은 다른 점이 많다. 우리 개들은 그냥 개였다. 그들에겐 누렁이, 멍멍이, 워리 같은 이름이 어울렸지만, 저 강아지들은 해피, 존, 마가렛 같은 이국적인 애칭을 가졌다. 우리 개들은 문간에서 도둑이나 지켰지만, 저들은 방안에서 주인의 사랑을 독차지한다.

우리 개는 사람이 먹고 남긴 음식 찌꺼기를 먹었지만, 저들은 슈퍼마켓에 진열된 고유한 음식을 먹는다.

우리 할머니는 "어이구, 우리 강아지 왔구나." 두 팔을 벌려 나를 껴안았다. 할머니 음성에 실려 있던 끈끈한 애정. '강아지'란 말은 단순히 어린 개만을 이르는 말이 아니었다.

그러나 '개'라는 말에는 막판의 포기가 들어 있다. 천박함이 극에 달한 비칭인 것이다. 개살구, 개판, 개망나니, 개수작…. 개라는 접두사가 들어갔다 하면 엉망이 되어 버린다.

나는 동물을 좋아하지 않는다. 그들이 살갗에 닿았을 때의 뭉클한 느낌, 뜨끈한 감각, 마주쳤을 때의 눈빛이 두렵다. 나는 그들보다 먼저 시선을 피한다.

두려움을 가진 채 사랑한다는 것은 얼마나 고역인가? 나는 개를 길렀을 뿐 강아지를 길러 본 적이 없다. 그러나 지금 누가 비싼 애완견을 공짜로 준다 해도 사양하고 싶다. 누군가 '동물을 싫어하는 사람은 사랑이 부족한 사람'이라 했다지만, 동물만 너무 위하다가 사람과 멀어지는 것보다야 낫지 않을까 싶다.

이런 슬픔은 무엇인가

시낭송회는 만족스럽게 끝났다. 연말이라 바쁜 중에 번갯불에 콩 볶아 먹듯이 치렀지만 성공적이었다. 무엇보다도 낭송회 장소인 음악카페가 훌륭했다. 실내에 작은 무대가 있고 피아노 뒤로는 바이올린 몇 개가 걸려 있었다.

카페 주인 부부는 외국에서 음악공부를 한 사람들이었다. 근래에는 외국에 유학한 음악가들을 수용할 무대가 턱없이 부족하다. 게다가 그들은 한 해 한 해 나이가 들고, 불러 주는 곳은 자꾸 줄어든다.

카페 주인 부부는 이러한 현상을 대표하는 예로 보였다. 벽에는 그들의 젊은 시절 공연 모습이 걸려 있었다. 찬란한 의상의 프리마돈나, 지금보다 훨씬 젊어서 한참을 들여다보아야 알 수 있었다.

"저는 이 카페의 주방장이고 주인이고 심부름꾼입니다."

테너인 남자 주인이 말했다. 젊은 시절에는 대단한 능력을 발휘했을 그. 그는 청하지 않아도 자발적으로 노래를 몇 곡 불렀고 부부가 이중창도 하였다. 우리는 앙코르를 외쳤고 그들은 기쁜 듯이 받았다.

퇴락한 고택을 보는 것처럼 쓸쓸하였다. 마무리하는 시간에 몇 사람이 노래를 불렀는데, 나는 뭉쳐 있는 슬픔 때문인지 갑자기 노래가 하고 싶었다.

"저도 한 곡 부르겠습니다."

모두 놀라서 환호하였다. 내 생애에 처음 있는 일이었다. 정미조의 〈개여울〉인데 템포가 느리게 조절되어 있어서 마음대로 감정을 표현할 수는 없었지만, 부르고 싶어서 불렀다.

"여러분, 오늘 아름답고 품격 있는 분위기에 젖을 수 있어서 행복했습니다. 카페 주인이신 두 분 음악가의 덕이고, 믿고 모여 주신 여러분의 덕입니다. 오늘 우리는 아름다운 시에 젖어서, 훌륭한 음악으로 과분한 대접을 받았습니다. 여러분! 대단히 감사합니다."

우리가 나올 때 주인이 따라 나와서 허리를 깊이 꺾어 인사하였다. 그들의 인사를 받는 내 등 뒤로 싸아한 바람이 전율처럼 지나갔다.

그냥 했어요

저녁 식사가 막 끝났을 때 전화벨이 울었다.

"선생님, 안녕하셨어요? 저 S예요."

말하지 않아도 나는 그가 그인 줄 알았을 것이다. S는 그만큼 상냥하고 부드러운 목소리를 가졌다. 전화기에 1월 6일 날짜로 내가 전화를 했던 기록이 있더라고, 오래 여행을 하고 돌아왔다고, 늦게야 연락하게 돼서 미안하다고 했다.

"무슨 일로 전화를 주셨었나요?"

S가 조심스럽게 물었다. 내가 그에게 전화를 걸기는 처음이었던 것 같다. 서로 호감을 가지고 있어도 용건 없이 전화하기는 어렵다.

1월 6일? 벌써 한 달 전 일인데 무슨 용건으로 전화를 했었는지 생각이 나지 않았다. 더듬어 보면 생각이 나겠지만 그와 모처럼 통화를 하면서 구태여 이유를 생각해 내고 싶지는 않았다.

"그냥, 새해 안부 전화였을 거예요."

안부 전화였다는 말에 S는 아주 좋아하면서 그동안 내게 품고 있던 감정이 얼마나 진실하고 따뜻한 것이었는지를 고백하였다.

우리는 부질없는 일에 엄청난 시간을 소모한다. 그러나 마음을 주고받는 일에는 소홀하다. 용건에서 용건으로, 사무적인 일에서 다시 사무적인 일로 쫓기듯이 시간을 따라간다.

'그것은 이래서 틀렸고 이것은 저래서 맞아요.' 이유가 분명하고 확실한 것만을 정상적인 것으로 생각한다. 그러나 그것은 공식을 맞추는 것이지 온기를 나누는 이야기는 아니다.

'그냥요.' '왜 그랬는지 잘 모르겠어요.' '갑자기 그렇게 하고 싶어졌어요.' 이런 말들은 애매하고 나태하고 돌발적인 행위로 들릴는지 모르지만, 얼마나 솔직하고 인간적인가. 우리는 마치 막혔던 벽을 뚫은 듯이 오래오래 마음을 교류하였다.

아무런 용건도 없이 이유도 없이, 소중한 일이라고 한 번도 생각해 본 적이 없는 이야기였다.

경찰서 입니다

거짓 전화로 혼을 빼는 사람들이 있다는 말을 들었다. 멀쩡하고 똑똑한 사람도 제 통장에 들어 있는 제 돈을 제 손으로 갖다 바치듯 남의 통장에 넣기도 하고, 그 일로 병이 나서 누운 사람도 있다고 한다.

'돈 잃고 몸 상한다'는 말이 공연한 말이 아니다. 돈을 잃으면 억울하고 부끄러워서 몸이 축날 수밖에 없을 것이다.

친구의 남편은 대기업의 이사로 있다가 퇴직했다. 그가 운전하는 차를 탄 적이 있는데, 교통법규를 얼마나 정확하게 지키는지 성실하고 모범적인 사람이라는 걸 단번에 알 수 있었다. 그야 늘 하던 대로 했겠지만, 나는 운전하는 그의 태도에서 훌륭한 인격을 읽을 수 있었다.

그가 퇴직 후 조용한 곳에서 한두 달 쉬다가 오겠다며 강원도에 가서 지낸 적이 있다. 그는 거기서 사기꾼의 전화를 받고 있는 돈을 털어서 2천4백만 원이라는 돈을 남의 통장에 넣어 버렸다고 한다. 막 털어 넣고 돌아설 때에야 '속임수였구나' 하는 생각이 들더란다.

친구는 남편을 서울로 데려왔지만, 그 후로 사람을 피하고 겁을 내면서 어리둥절해졌다고 한다. 점잖은 사람이라 겉으로는 표현도 못하고 속병이 들었을 것이다. 친구는 남편 때문에 3년 넘게 고생했다.

내게도 드디어 그 전화가 걸려왔다. 여자인데 경찰서라고 했다. 무서울 일도 없고, 마침 애 아빠도 집에 있었기 때문에 혹시 다른 일이 있지 않을까 상상할 필요도 없었다.

"여보세요. 나는 경찰서 전화 아주 싫어하거든요. 끊어요!"

여자는 무엇이라고 몇 마디 더듬거렸다. 다시 전화가 걸려오지 않은 것으로 보아, 나를 속이려는 전화였음이 틀림없다. 그들의 방법이 아주 교묘하여 검찰청, 우체국, 시청 등을 사칭하기도 하고, 애 이름까지 대면서 교통사고가 났다고도 한단다.

속지 않았는데도 하루 내내 속은 것처럼 기분이 나빴다. 친구 남편이 어리둥절하는 병이 날 만하다.

함부로 괴로움을 호소하였다

너무 쉽게 그리고 가볍게 괴로움을 호소하며 살았다.

죽을 고비를 넘기면서 목숨을 부지한 일도 없고, 굶주림에 허덕이다가 못할 일을 저지른 일도, 절망의 수렁에 빠져 자살을 시도한 적도 없으며, 감옥에 갇혀서 고문을 당해 본 일도 없다. 나는 그동안 별일 없이 잔잔하게 살아온 것이다. 그런데도 함부로 괴로움을 호소하였다.

천신만고 끝에 겨우 살아난 사람 앞에서 절망을 함부로 표현하는 것은 예의가 아닐 것이다. 음지에서 어깨를 움츠리며 일어서는 사람 앞에서 함부로 고통을 호소하는 것은 건방진 일일 것이다.

어제 작고한 지 60년도 넘는 사람, 이름이 익숙하지는 않지만 시인이요 평론가였던 K라는 작가의 문학 전집을 받았다. 어떻게 이 책이 내게까지 오게 되었을까?

나는 한참 궁리하다가 전 5권의 전집을 한 페이지 한 페이지 넘기면서 비로소 알 수 있었다.

내가 좋아하는 시인 C씨와 연관된 책이라는 것. 친구 C와 문학 전집의 주인공 K가 부부간이었다는 것, 결혼 후 일 년을 살다가 K가 세상을 떴다는 것, K의 딸이 훌륭하게 자라 돌아가신 아버지의 전집을 냈다는 것을 나는 책을 읽으면서야 알았다.

친구 C는 그 후 좋은 사람을 만나 재혼을 했고 무난하게 살았는데 그 남편과도 얼마 전 사별했다. 나는 그동안 C에 대해 아무것도 모르면서 엉뚱한 말이나 했을 것이다. 그가 하고 싶은 속말이 따로 있었을 텐데 자질구레한 일을 부풀려 쓸데없이 엄살이나 떨었던 건 아닐까. C가 온후하고 속이 깊다는 것, 참을성이 많고 남을 배려하는 마음이 깊다는 것을 다시 생각했다.

전 남편 K에게서 받은 편지를 50년 넘게 간직해 왔다는 사실은 큰 감동이다. 그 편지들이 모두 전집에 실려 있었다. 페이지를 넘기면서 남다른 인생을 살아온 C를 더 깊이 사랑하게 된다. 나는 그를 가깝게 생각하고 있었는데, 가까울 만한 자격이나 있는가 싶다.

생각이 난다

왜 갑자기 고등학교 때 음악 선생님 생각이 나는 걸까?

선생님은 귀가 어둡다고 했는데, 마음으로 듣고 눈으로 듣는지 학생들이 하는 말을 정확히 알아들었다.

원래는 서울분인데 6 · 25사변을 피해 지방으로 피난을 오셨지만, 수복된 후에도 돌아가지 않으셨다. 선생님의 남편은 아주 인자한 소아과 의사인데 다리를 좀 절었다.

아내는 귀가 어둡고 남편은 다리를 절어도 그들의 얼굴에서는 광채가 났다. 아무렇게나 대강대강 살 사람이 아닌 것 같은, 고결한 인품의 향기였다. 그들의 언행은 언제나 겸손했고 말씨는 따뜻하여 작은 항구 군산 시내에 그들의 미담이 자주 떠돌았다.

이 같은 여름철이면 음악 선생님은 하얀 모시 적삼에 자주색 여름 비로드 치마를 입었다. 선생님은 조용조용한 목소리로 속삭이듯이 말했다. 조용히 하지 않으면 선생님 말씀이 잘 들리지 않는데도 학생들은 선생님의 귀가 어둡다는 것만 믿고 마음껏 떠들었다.

그러나 선생님은 학생들 하나하나 노래를 부르게 한 다음 그가 어느 부분에서 어떤 음이 틀렸는지 용케 잘 구분하여 지도하였다. 〈슈베르트의 세레나데〉를 한 달 넘게 가르쳤는데, 학생들은 지겨워했지만 선생님은 취한 듯이 눈을 감고 피아노를 쳤다.

음악가들은 귀가 일찍 어두워지고 그림을 그리는 사람은 눈이 일찍 나빠지는 게 이상하다. 베토벤이 남긴 중요 작품 중 많은 곡이 소리를 들을 수 없게 된 마지막 10년 동안에 작곡된 것이라고 한다. 베토벤은 그야말로 영웅적인 투쟁으로 몰두했을 것이다.

'너무 더워서요.' '할 일이 밀려 있어서요.' '몸이 피곤해서요.'

내가 걸핏하면 내거는 이런 핑계들은 얼마나 우습고 어리석은 말인가.

귀가 어두운데 눈을 감고 피아노를 치던 옛날의 음악 선생님. 지체 높은 가정의 귀부인 같던 그분이 왜 올여름에는 부쩍 생각이 나는 것일까.

말죽거리 소풍

헌인릉에 다녀왔다. 아침 10시쯤 집을 나왔는데 이른 오전이어서 한가하고 편안한 마음으로 산책할 수 있었다.

국문학과 3학년 가을에 말죽거리로 소풍하러 간다고 했었다. 그러나 막상 거기에 이르렀을 때, 과대표는 거기서 조금만 더 걸어가면 된다고 하였다. 그러나 '조금만'이 아니었다. 한 시간 이상 논두렁 밭두렁을 지나 도착한 곳이 헌인릉이었다. 그래도 오가는 길 코스모스가 만발해 있어서 아무도 불평하는 사람이 없었다.

너도나도 가난한 시절이었다. 신이 날 일도 기쁜 일도 없었지만 우리는 꿈에도 불행하다고 생각하지 않았고, 아무도 절망하지 않았다. 막연한 대로 희망을 품고 있었으며, 알 수 없는 미래가 우리를 이끌 것이라고, 우리는 무엇인가 약속된 자리에서 주인공이 되리라고 생각했었다.

남학생들은 술을 마셔댔고, K교수님은 취해서 갑자기 흐느껴 울었다. 무엇 때문에 우시느냐고 아무도 묻지 않았다. 남학생 몇 명도 선생님을 따라서 함께 울었다.

학생과 교수가 함께 우는 소풍, 우울한 기억이다.

대학생 때 소풍이란 기억은 전혀 없는데 유독 말죽거리, 헌인릉 소풍이 수십 년이 지난 지금까지 남아 있는 것은 K교수님의 눈물 때문인 것 같다.

요즘 대학생들은 옛날 우리처럼 오래 걷지 않을 것이고, 몇 사람씩 승용차를 운전하고 가거나 교외선 전철로 가거나, 봉고차라도 전세를 내겠지. 기타를 가지고 가는 학생도 있겠지만 우는 교수는 없을 것이다.

수십 년 만에 찾아간 헌인릉에서 문득 K교수님의 소년 같던 모습이 그리웠다. 술에 취해 주정이라도 하듯 교수님을 따라 목놓아 울던 남학생들의 안부도 궁금했다.

집에서 얼마 되지도 않은 거리, 구룡터널을 건너면 쉽게 갈 수 있는 헌인릉을 왜 수십 년 동안 잊고 살았을까. 누구에겐가 미안했다. 특별히 우대하려고 입장료도 받지 않았다. 쓸쓸하였다.

하늘 공원

하늘공원에 갔었다.

장 선생님이 운선하는 차로 현수 씨와 셋이서. 장 선생님이 어련히 알아서 좋은 곳으로 데리고 가랴 생각했을까. 어디를 향해 가고 있는지 나도 묻지 않았지만, 현주 씨도 아무 말이 없었다.

우리가 하도 궁금히 여기지 않으니까 답답했는지, "지금 어디로 가고 있는지 아세요?" 한참을 달리다가 장 선생님이 물었을 때, "목적지에 도착하면 여기가 목적지였구나, 생각할 작정입니다"라고 대답했다. 장 선생님은 끝끝내 목적지를 밝히지 않은 채 우리를 하늘공원에 내려놓았다.

하늘공원 난지도는 쓰레기 하적장이었다.

우리가 성산동에서 살 때 서풍이 부는 저녁이면 이상한 냄새가 묻어 왔고, 그것은 난지도 쓰레기 소각장에서 날아온다고 했다. 집을 지을 때, 왜 이런 곳에 대를 이어 살 것처럼 탄탄한 집을 짓느냐고 묻는 친구도 있었지만, 우리는 난지도가 가까이 있다는 사실을 몰랐다.

얼마 동안은 후회하였고 나중에는 어쩔 수 없다고 체념하였다. 그러다가 한번은 난지도 근처를 지나는데 쓰레기와 모래와 흙이 산더미처럼 쌓인 속에 건축폐기물이 버려져 있는 것을 보았다.

나를 멈춰 서게 한 것은 딱딱하고 어지러운 막대기와 쇠붙이의 위협 속에서도 아주 건강하고 무성하게 자라나는 풀과 나무들이었다. 들판은 해마다 꽃을 피웠을 것이고 꽃들은 씨를 맺어 자꾸 더 무성해졌을 것이다.

쓰레기가 있던 자리가 공원으로 되기까지는 참으로 오랜 시간이 지나갔다. 개망초, 패랭이꽃, 억새와 클로버꽃들은 우거진 풀숲에 자유롭게, 그러나 커다란 질서 속에 어우러져 있었다.

이제는 하늘공원에서 가까운 성산동도 아주 고급스러운 동네가 되었을 것이다. 그러나 우리는 성산동을 버리고 멀리 떠난 지 오래 되었다.

조문 불가

시간은 냉혹하고 비정적이다. 우리에게 무슨 일이 일어났는지 그는 묻지도 않는다. 묻지도 않았으니 당연히 우리를 고려하지 않은 것이다. 인정도 사정도 없이 제 할 일을 멈추지 않고 진행한다.

비가 온다. 하늘이 잔뜩 흐리다. 창밖의 나무들이 흔들리는 걸 보니 바람이 제법 세게 부나 보다. 이런 날은 집에 있어야 하는데 두 달 만에 한 번씩 만나는 오래된 모임에 참석하러 나간다.

걸어가면서 사흘 동안이나 꺼놨던 전화기를 켰다. 한꺼번에 쏟아져 나온 소식들. 부고가 두 건, 결혼 청첩장도 하나 들어 있다. 어떡하지? 이럴 수가! 박 시인의 어머니가 돌아가셨단다. 부고는 시인협회에서 보냈는데 '조문 불가'라고 씌어 있었다.

'조문 불가'. 역병이 창궐하고 있는 지금은 영별하는 자리에도 갈 수 없다는 제지의 말이 아프고 안타깝게, 두렵고 답답하게 가슴을 가로막았다.

특별히 전할 말이 없다는 걸 알면서도 내 손가락은 박 시인의 전화번호를 누르고 있었다. 박 시인은 아직 상가에 있었다.

나는 불러놓고도 한참이나 멍하니 있었고, 박 시인 혼자서 이런 저런 얘기를 했다.

나는 박 시인의 어머니를 잘 안다. 만나 뵌 적이 없으면서 잘 안다고 하는 말이 맞는지 모르겠지만, 나는 잘 안다고 생각한다. 박 시인은 어머니에 관한 이야기보따리를 내게 펴 보이기를 좋아했다. 그가 어머니의 글을 보여 준 적이 있는데, 문집을 내라고 권했더니, 박 시인도 그럴 마음이 준비되어 있었다. 책이 되어 나왔고 나도 그 책을 받았다. 벌써 20년 전 일이다.

교양과 부덕과 학덕을 겸비하셨던 지나간 세대의 어머니들, 그 분들의 은덕으로 우리가 여기 있다. 한 달 전인가 전화를 했을 때 어머니의 안부를 물었더니 "예, 이제는 많이 연로하셔서요"라고 말끝을 흐렸었다.

누구나 떠날 때는 홀로 떠나지만, 이럴 때 떠나셔서 쓸쓸하셨겠다. 아니다. 그분은 오히려 이런 때를 선택하여 홀로 떠나신 것이 아닐까. 박 시인과 함께 돌아가신 분을 오래오래 추억하였다.

제2부

그리워라,
이슬을 맞고 있는 사람

랍비, 스승, 선생님

나는 랍비라는 말이 좋다. 랍비라는 말은 스승이라는 말이나 선생님이라는 말과 비슷하지만, 그보다 훨씬 격이 높다.

나는 평생을 '선생'이라는 자리에 있었지만 다시 태어나더라도 선생으로 살고 싶다. 선생의 뭣은 개도 먹지 않는다는 말이 있어도, 그 길 말고는 내가 할 수 있는 일이 세상에 없을 것 같다.

랍비, 스승, 선생님은 지도하는 사람이며 존경받는 사람이라는 점에서는 비슷한데 무엇이 달라서 일치하지 않을까.

'선생'이라는 자리도 직업이기 때문에 당연히 적정한 보수를 받는데, 그것은 선생에게 기울이는 학생들의 존경심과 괴리가 있다고 생각했기 때문일까? 처음 서무과로 월급이라는 걸 받으러 갈 때 학생들이 볼까 봐 마음놓고 갈 수가 없었다. 돈을 받는 일이나 돈을 헤아리는 모습은 교단에서 수업하는 모습과 전혀 일치하지도 않고 어울리지도 않는다고 생각했다. 그래서 떳떳하지 않았었다.

선생님이라고 해도 모두 같지는 않다. '이 시대에 선생은 있어도 스승은 없다'는 말에서 드러나듯이, 선생과 스승이라는 말은 어감이 전혀 다르다.

성경에 나오는 랍비는 진리의 판관이고 명확하지 않은 것을 명확하게 정의하는 사람이므로 우리 말로는 '스승'에 가장 근접하는 이름일 것이다. 랍비는 인격이 높은 자, 지혜로운 사람, 우뚝 솟은 가치관을 가진 사람, 절대자가 보기에 은혜로운 사람이며, 그가 여기실 때 신의가 있는 사람으로, 그의 마음에 충족을 느낄 수 있는 사람, 그가 랍비일 것이다.

랍비, 스승, 선생님, 교육자.

조금씩 차이가 있는 이 말 중에 나는 무엇이었을까? 반세기 동안 선생으로 살았지만, 합당한 보수와 넘치는 대우를 받은 나는 무엇이었을까? 랍비도 아니고 스승도 아닌, 스승의 날이면 사람을 피하여 숨고 싶은 나는 무슨 일을 한 사람일까? 선생님이라는 말이 과분한 나는 입으로만 모르는 게 없는 유능한 기술자였는가.

그래도 선생님이란 말이 고맙다. 선생님으로 살아온 삶이 행복하였다.

예숙 언니

아라비아 숫자 '11'을 좋아했다. 11은 하나에서 열까지 한 순환이 끝난 나음 다시 시직하는 수다. 부지깽이 막대기 같은, 윷가락 같은, 젓가락 같은, 두 개의 아무런 표정도 없는 직선이 그러진 숫자 11.

11은 빗줄기 같기도 하고 눈물 같기도 하다.

'플레이 어게인'을 명령하는 목소리가 어디선가 들리는 듯한 숫자. 어쩌다가 한 바퀴는 잘못 돌았지만 만회하기 위해 다시 시작하라는 플레이 어게인. 지나간 잘못을 캐묻지 않을 듯한 플레이 어게인, 그러나 인생에 플레이 어게인은 없다.

11월 11일, 예숙 언니가 죽었다는 소식을 들었을 때 나는 기숙사 세면장에서 머리를 감고 있었다. 죽었단 말이 믿어지지 않았다.

예숙 언니는 여리고 가냘팠다. 그러나 늘 웃고 상냥하고 따뜻했으므로 약하다는 생각보다 부드럽다는 생각이 앞섰다. 나는 오래 오래 아무에게도 들키지 않고 울면서 머리를 감을 수 있었다.

"너 친언니 있어? 나는 동생이 없는데…."

어느 날 언니가 내게 물었다. 주변이 시끄러웠기 때문에 나는 없다는 뜻으로 고개를 흔들었다. 다만 그렇게 지나가고 말았지만 나는 속으로 예숙 언니를 내 언니라고 생각했다. 예숙 언니는 건강하지 않아서 오래 결석을 하기도 했다.

그의 고향이 해남인데 아버지가 교장 선생님이라고 했다. 얼굴이 유난히 희고 탁구를 잘 했다. 탁구를 할 때 그는 가냘프지도 않고 여리지도 않았다. 공이 제대로 들어갔을 때 그의 환호성은 넓은 강당에 소프라노로 퍼졌었다.

그 뒤로 여러 해가 지나도록 11월은 나를 우울과 사색으로 몰고 가서 한가을의 쇠약한 일광과 지나가는 바람, 떨어지는 잎사귀마다 예숙 언니를 연결하게 하였다.

오늘은 11월의 초하룻날, 한 달의 시작을 예숙 언니와 함께하고 싶다. 강당에 맑게 퍼지던 소프라노로, 상냥하고 따뜻한 마음으로.

사람 사는 세상

수필가 한 선생님의 어머니가 별세하셔서 제물포에 조문하러 갔다. 한 선생님과 평소에 특별히 가깝게 지내지는 못했지만, 나는 한 선생님의 글을 좋아한다. 더구나 그는 아주 섬세한 안목으로 내 수필을 정확하고 심도 있게 분석하여 좋은 지면에 발표했었다.

나는 속으로만 고마움을 느꼈을 뿐, 한 번도 표현하지 못했다. 그것을 내 우둔한 태도라고 변명할 수 있을는지 모르겠다. 나의 대응은 무례에 속하거나 무심에 가깝다는 생각이 든다.

매봉역에서 교대역, 거기서 2호선으로 바꿔 타고 신도림역까지 가서 다시 1호선으로 갈아탔다. 가는 데 2시간, 오는 데 2시간.

상가에서 만난 어떤 수필가가 가까이 와서 명함을 건네며 인사하였다. 명함에 K라고 씌어 있었다. K는 서정범 교수님에게서 내 말을 들었다고 했다. 정년퇴직한 후 지금 부평에서 살고 있는데, 지난해까지 희귀병으로 사경을 헤매다가 완치된 지 서너 달밖에 되지 않는다고 했다.

그는 삶의 의미와 가치 기준이 달라졌다면서. '감사한 일이지요' 라는 말을 여러 번 반복하였다. 제물포 전철역에서 갈아탈 전차를 기다리는데 그가 자판기에서 커피를 뽑아 오면서 말했다.

"더 좋은 것을 대접해야 하는데 겨우 이런 걸 드리네요."

"근래에 마셔본 차 중에서 가장 맛있고 정겨운 커피입니다."

"그렇게 말씀해 주시니 감사합니다."

그는 몇 정거장 오다가 도중에서 내렸다. 얼마나 가식이 없고 진실한지 여러 해 사귄 사람처럼 편안했다.

오늘 제물포에는 한 선생님 댁의 조문을 하러 갔지만, K를 만나러 간 것이 아닌가 하는 생각이 들 만큼 그는 친근하게 다가왔다. 잠깐이지만 허울을 벗고 소박하고 순수한 소통을 하면서 우리 마음은 어린애처럼 즐거웠다. 그 느낌이 얼마나 훈훈한지. 사람 사는 세상의 맛이 이런 것이구나, 하는 마음이 들었다. 밤늦게 집으로 돌아오는 발길이 조금도 피곤하지 않았다.

타이푼이든 허리케인이든

태풍Typhoon이 남쪽에서 올라오다가 서해안에 잠시 머물렀는데 지금 군산 지역 가까이 지난다고 한다.

아파트 마당의 키 큰 나무들이 전후좌우로 몸부림을 한다. 습기를 머금은 방안이 후덥지근하여 창문을 열었더니, 기다리고 있던 바람에 필통이 엎어지고 그 안에 있던 붓들이 방바닥에 쏟아졌다.

나는 주워 담으면서 태풍이 내게 장난을 걸어온 것 같아서 웃었다. 그러나 태풍을 상대하여 웃을 일인가? 마루에도 신문지들이 흩어져 있었다. 나는 얼른 베란다에 널린 빨래를 걷어 들였다.

도로의 커다란 간판들이 떨어져서 지나가던 사람들이 다치는 일도 있고, 달리던 자동차가 중심을 잡지 못하고 전복되기도 한다. 나뭇가지가 꺾여 길을 막는 일은 허다하고, 지금쯤 남녘의 과수원에서는 낙과 때문에 걱정이 태산 같을 것이다.

거의 다 완숙하여 닷새 후쯤 딸까, 사흘 후에 따야 할까, 날짜를 받아 놓고 일할 사람까지 맞춰 놓았는데, 갑자기 바람에 휩쓸려 떨어져 버린 과일들. 떨어진 열매들은 일 년의 수고를 설명할 길도 없이 상처만 입고 나동그라졌을 것이다.

태풍 중에 '사라'라는 것도 있었다. 태풍의 이름이 '사라'라니, 전혀 어울리지 않는다. '사라'는 히브리어로 품위 있는 여성이란 말이고, 창세기 아브라함의 아내 이름이 사라Sarah가 아닌가.

영어소설 독해반 첫 시간에 수강생들에게 영어 닉네임을 말하라고 하자 엘리자벳, 리나, 엔디, 마가렛…, 준비했던 것처럼 척척 대었고, 나도 망설이지 않고 '사라'라고 했다. 태풍 '사라'의 위세가 만만치 않았다는 것은 전혀 생각나지 않았다. 선생님은 나를 '사라'라 하지 않고 '쎄라'라고 불렀다.

태풍위원회에서는 등록된 140개의 태풍 이름을 차례로 돌아가며 쓰는데, 피해가 컸던 이름은 명단에서 없애 버린단다. 이름을 바꿔서라도 피해를 줄이려고 태풍 '매미'를 '무지개'로 바꾸기도 했다.

시작한 곳에 따라 타이푼, 허리케인, 사이클론이 되기도 하는 태풍. 올해는 세상도 시끄럽고 살기도 어려운데 제발 큰 피해 입히지 말고 무지개처럼 곱게 지나갔으면 좋겠다.

공연히 설쳤다

어제가 결혼기념일이었다. 며칠 전부터 '결혼기념일'이라는 말을 여러 번 해야 그가 알아듣는 것 같았다. '결혼은 나 혼자 한 결혼인가?'

이번에는 알면서도 모르는 척했다. 아침 식사를 마치고 보통 날과 조금도 다름없이 책상 앞에 앉아서 나는 하던 일을 계속했다. 집에 치워야 할 음식도 이것저것 있고, 밖에 나가는 것도 귀찮다는 생각이 들었다.

'영화나 한 편 볼까?' 하는 생각이 언뜻 스쳤지만, 예매하고 프로를 고르고 하는 과정도 귀찮았다. 언젠가 압구정동 CGV에 갔더니 이미 만석이 되어 원하던 것은 볼 수가 없었다. 다음 시간을 기다리기 싫어서 할 수 없이 그 시간에 가장 고르기 수월한 영화를 보았는데 영 마음에 들지 않았다.

그런데 지난 연말에 방송국에서 최고의 관객을 모은 한국 영화가 바로 그 마음에 들지 않던 영화라고 해서 어이가 없었다. 관객을 끌어모은 영화와 수준 높은 영화가 일치하지 않는다는 것을 극명하게 증명해 주었다고 할까.

그건 그렇고, 방으로 들어왔다 나갔다를 몇 번 하던 그가 더는 참지 못하겠는지, 오늘이 무슨 날인 줄 알고 있느냐고 물었다. 나도 태연하게 물론 알고 있다고 했다. 그럼 왜 가만있느냐고, 나가서 점심이라도 먹어야 하지 않겠느냐고 했다.

그래서 그러자고, 좋아하는 식당으로 가자고 했다. 웬 사람들이 그리 많은지 서울 시민들이 모두 결혼기념일을 맞았는가 싶었다.

식당 주인이 유난히 친절하게 우리를 보살폈다. 우리가 음식을 더 시키려고 해도 주인이 말렸다. 양이 많아서 남을 거라고, "잡수시다 모자라면 시키세요" 하면서 반찬 그릇을 부지런히 채워 주었다.

식사 후 양재천을 걸었다. 볕이 따뜻했다. 지난가을 억새들이 햇볕에 반짝였다. 그림을 그리려고 사진을 몇 장 찍었다.

아, 무슨 날이든 이렇게 마음 편하게 지내야겠구나. 미리 시끄럽게 서둘 필요가 전혀 없구나 싶었다. 이렇게 품위 있게 맞이하고 여유 있게 보낼 수도 있는 것을 그동안 공연히 앞장서서 설쳤었구나, 새로운 진리 하나를 깨달았다.

눈은 혼자서 내리고

아침에 창문을 열고 소리를 질렀다. 지난밤 내가 잠든 사이에 눈이 내려서 전변 둑실과 멀리 내모산을 하얗게 덮어 버린 것이다. 메타세쿼이아가 도열해 있는 길로 자동차들은 발갛게 불을 켜고 달리고 있었다.

아침 9시쯤 우리는 각기 다른 일을 하러 나가면서 전투에 임하는 병사들처럼 두 주먹을 높이 쳐들어 보였다. 마치 잘 싸우고 돌아오라고 당부하는 듯, 지지 말고 반드시 이기고 돌아오라는 듯한 인사였다.

밖으로 나오니 눈송이가 커지고 마음도 푸짐해졌다. 눈이 녹아 땅이 질퍽거리긴 해도 기온은 그리 낮지 않은 모양이다. 사람들은 우산을 받쳐 들고 아무 말 없이 걸었다. 펑펑 쏟아지는 눈을 맞으며 걸을까 하다가 나도 결국 우산을 펼쳤다. 만일 이대로 기온이 내려가면 내일은 빙판이 될 것이다.

고등학교 1학년 국어 교과서에 김진섭의 〈백설부白雪賦〉라는 수필이 있었는데, 나는 전 학생들에게 외우게 했었다.

처음에는 못한다고 비명을 지르더니 결국 한 사람도 빠짐없이 모두 외웠다. 그들이 졸업 후 30년이 지난 후 다시 만났을 때 눈이 많이 왔는데 우리는 약속이라도 한 듯이 김진섭의 〈백설부〉를 합창하듯 외웠다.

나는 그 후 설경을 제대로 시로 쓸 수가 없다. 내가 쓸 말은 김진섭 씨가 이미 말해 버렸기 때문이다. 첫눈이 오는 날이면 무조건 어디서 몇 시에 만나자는 약속을 할 만한 나이는 지나갔다. 그런데도 나도 모르게 자꾸 마음이 들뜬다.

누구를 불러낼까, 누구든 불러내서 쓸데없는 말을 하면서 오늘 해를 저물게 할까. 그러나 불러낼 친구를 생각해 내지 못하고 그냥 집까지 조심조심 걸어 들어오고 말았다. 이기고 돌아가야 하니까. 한번 넘어지면 심각한 문제가 생길 수도 있으니까.

지금도 아직 눈을 품은 하늘이 잔뜩 찌푸리고 있다. 눈 내리는 날인데도 아무 일도 저지르지 못한 채 이대로 아깝게 저물게 하다니.

껍데기와 알맹이

외국에서 공부하던 외손녀 련이가 방학을 맞아 집에 왔다.

거의 한 달이니 되었지만 서로 한가한 시간을 내어 만나기가 쉽지 않았다.

그동안 무주로 남해로 보고 싶은 고국산천을 두루 여행하고 돌아오더니, 오늘은 모처럼 우리와 함께 점심을 먹었다.

련이는 언제 보아도 밝고 긍정적이며 건강해서 이쁘다. 몸만이 아니라 생각도 건전해서 보는 우리를 안심하게 하고 에너지를 받게 한다.

차를 마시는 시간에 딸이 내게 말했다.

"엄마! 예전에 엄마가 쓴 〈나는 너의 겉껍질〉이란 수필을 읽으면서 마음이 좀 언짢았어요. 엄마는 엄마고 저는 전데 왜 엄마는 제 겉껍질이라고 하나, 하고요. 그런데 요즘 제가 련이를 보면서 그 말씀이 맞는다는 생각이 들어요. 저는 련이의 겉껍질이라는…."

나도 그 말을 우리 어머니한테서 들었다.

"나는 네 껍데기다."

세상의 자식들은 모두 제 어미의 알맹이, 세상의 어미들은 모두 제 자식의 껍데기일 뿐이라고.

딸이 제 딸 련이와 함께 찍은 여러 장의 사진을 보여 주었는데, 혼자 찍은 사진에서는 딸이 아주 젊고 멋지고 근사해 보였다. 그런데 련이 옆에서 포즈를 취한 딸의 모습은 어딘지 모르게 힘이 없어 보인다.

내가 그 말을 했더니, 딸보다 손녀 련이가 섭섭히 여기면서 제 어미에게 설명하였다.

"엄마, 제 말 좀 들어보세요. 제가 지금 몇 살이에요? 겨우 스무 살인데 제가 엄마 옆에서 빛을 내지 못한다면 그게 비정상 아닌가요? 너무나도 당연하지 않아요?"

열 번이나 맞는 말이다. 그래서 세상의 어미들은 모두 기쁘고 즐겁게 껍데기가 된다. 조금도 섭섭하지 않게 자발적으로.

내 딸은 제 딸의 모습을 물끄러미 바라보고, 나는 내 딸의 모습을 그윽하게 바라보았다.

꽃 뒤에는 잎이

봄비가 오고 있다.

비를 맞고 피어나는 꽃들도 있지만, 비를 맞으며 지는 꽃도 있다. 벚꽃이 만개했다 하면 반드시 비가 온다. 비가 오고 난 다음이면 벚꽃들은 일제히 땅 위에 젖어 있다.

꽃이 졌으니 나뭇가지가 휑하니 비어 있으리라고 생각하는가? 비어서 쓸쓸할 것이라고 생각하는가? 아니, 천만의 말씀이다.

꽃이 진 자리마다 연두색 어린 잎사귀들이 이미 등장할 채비를 마치고 얼굴을 내밀고 있다. 잎눈의 얇은 막을 뚫고서, 꽃들이 퇴장한 후 제 차례가 오기만을, 무대 뒤에서 막이 오르기만을 분초를 헤아리며 기다리고 있다. 꽃보다 화려한 연녹색으로 윤기를 담뿍 머금고서.

자기가 죽은 다음에는 세상이 형편없이 쓸쓸해지고 무엇 하나 제대로 돌아가는 일이 없을 거라고 걱정하는 사람도 있다. 자기가 하던 일을 누구에게 물려줘야 하나, 도무지 믿을 사람이 없어서 전전긍긍 마음을 놓지 못하는 사람도 많다.

그러나 그것은 엉뚱한 착각이다. 내가 없어도 세상은 아무 착오 없이 진행되고 발전될 것이다.

젊었을 때 하던 일에서 손을 놓지 못하고 계속 붙들고 있는 것, 옛날에 하던 대로 기염을 토하고, 남을 믿지 못해서 일일이 감독하려고 하는 사람. 그 사람은 끝끝내 고달플 것이다.

자식들에게도 마찬가지다.

"그래, 네 생각대로 하여라."

"너는 나보다 잘할 것이다. 나는 네 능력을 믿는다."

이런 말이 감독이나 지시보다 더 큰 자극이 될 것이다. 애들이 볼 때는 내 방식이 형편없는 구식이며 비능률적이며 시대에 맞지 않을 수도 있겠지. 그런데도 '나'는 내 방식을 버리고 싶지 않을 때도 있고, 변화를 인정하고 싶지 않을 때도 있을 것이다.

지금도 자식이 하는 일에 자꾸 참견하고 싶은가?

그렇다면 당신은 그의 길을 막고 있는 것이다.

지루한 사랑

여기저기서 몇십 억이니 몇백 억이니 하도 떠드니까, '억'이라는 돈이 아무것도 아닌 것 같다. 사실 그렇기는 하다. 돈은 아무것도 아니다. 그러나 돈 때문에 싸우고 돈 때문에 배반하고 돈 때문에 죽기도 한다.

돈 때문에 죽는 사람들은 돈의 가치를 너무 높게 생각한 것이 아닐까. 돈이 있으면 물론 편하기야 하겠지. 그러나 돈은 살아가는 데에 필요한 도구일 뿐이다. 잘못 다루면 상처를 입을 수도 있고 무서운 흉기로 돌변할 수 있는 도구.

그것만을 목적으로 삼으면 그것의 노예가 될 것이다. 무엇에나 너무 집착하면 그것의 지배를 받을 수밖에 없으니까.

대학 시절 친구의 애인은 부잣집 아들이었다. 그는 세상에서 좋다고 하는 것은 모두 애인에게 선물하려고 하였다. 친구에게는 미제 초콜릿 상자와 과일 바구니가 떨어질 날이 없었고 꽃다발이 시들기 전에 새로운 꽃다발로 바뀌곤 했다.

돈으로 하는 일이라면 못하는 일이 없었다. 그는 두뇌가 명석했지만 공부에는 열성을 쏟지 않았다.

취업하려는 생각도 하지 않았다. 취업할 필요가 없다고 판단하는 모양이었다.

"그까짓 몇 푼을 월급이라고 받아서 살아갈 수 있겠어?" 하는 말을 몇 번인가 들었다. 대학은 지성인의 구색을 갖추려고 다니는 것 같았다.

그러나 졸업하고 얼마 되지 않아서 친구는 그 부잣집 아들과 쉽게 헤어졌다. 내가 헤어진 이유를 물었더니,

"너무 지루해서."

아주 간단히 대답하였다. 나는 매우 놀랐지만 더는 물을 수가 없었다. 도전하고 싶은 목표도, 해결해야 할 문제도 없고, 극복해야 할 아무 난관도 없었다면 지루한 것은 당연한 일이었을 것이다.

젊은 날의 사랑이 지루하다니, 하루 햇살을 수만 조각으로 나누어도 모자라고 아쉬워야 할 젊은 날의 사랑, 그 찬란한 순간순간을 지루함으로 허비했다니….

얼마나 큰 불행이었는가?

봄
시냇물

춘천에 다녀왔다. 대학 동기 세 명, 남편까지 여섯 명이 종종 만났었다. 그러나 차츰 그 횟수가 줄어들었는데, 이번에는 즉흥적으로 연락이 되었다. 시속 60~80km. 소위 경제속도로 마음 편하게 경춘가도를 달렸다. 바쁠 것 없으니 구경하면서 가자고.

춘천 친구는 새 아파트로 이사한 지 1년이 되어 간다고 했다. 집 구조가 좋아서 실용면적도 넓고 이미 설치된 소위 옵션이란 것이 훌륭해서 계속 감탄사가 튀어나왔다. 냉장고, 그릇 세척기, 김치냉장고까지 다 알아서 갖추어 놓고 들어오기만 하면 되는 집이라니. 우리는 주로 춘천에서 만난다.

춘천春川, 봄 시냇물, 이름이 그래서인지 여기 오면 동여매었던 마음이 풀리는 것 같다.

춘천이 서울과 멀리 떨어져 있어도 그렇지, 천정부지의 서울 집값과는 비교가 되지 않았다. 구태여 소란한 서울에서 허덕거리며 살 필요가 있을까. 저녁 식사를 하고 돌아오는 길에 친구는 어떤 꽃가게 앞에서 차를 세웠다.

"향아! 이 꽃집에 네 시가 걸려 있어. 한 번 들어가 보지 않을래?"

나는 쑥스러워서 싫다고 하였다. 그런데 남편은 그럴 필요가 있느냐고, 한 번 들여다보고 오라면서 나를 부추겼다.

〈꽃이 있는 세상〉이라는 시였다. 꽃집에서는 걸어 놓고 싶을 만한 내용의 시다. 서예가가 쓴 듯 서체가 아주 훌륭하였다. 꽃집을 나오면서 색깔이 각각 다른 히아신스 화분 세 개를 사서 맘에 맞는 것으로 골라 가지자고 했다. 문득 이런 생각이 가슴을 훑고 지나갔다.

이렇게 부담 없이 쳐들어올 수 있는 친구가 있어서 행복하다. 금년에도 세 가정의 부부 여섯 명이 탈 없이 모일 수 있어서 감사하다. 우리가 원하든 원하지 않든 언젠가는 우리 가운데 누군가가 참여할 수 없게 될 것이다. 그러니 앞으로는 자주 만나려고 하지 말자. 하나라도 수효가 줄어들게 되면 만날 마음이 없어질지도 모른다. 미리 감정 연습부터 해 두자.

이런 생각을 속으로만 하고 겉으로 표현하지는 않았다. 친구는 마치 친정 형제처럼 서울에서 간 우리에게 무얼 싸줄 것이 없나 두리번거렸다.

어느 돌밭에서도

여러 해 전부터 나는 새해의 계획을 세우지 않는다. 섣달그믐의 쓸쓸함이나 후회와 빈성도 그전처럼 절절하거나 심각하지 않다. 삶이란 그런 것이고 그럴 수도 있는 것이라고 스스로 진단을 내리는 것이다.

한 해의 끝을 보내는 회한. 새해를 맞아들이는 각오나 열정이 무디어지고 무감각해진 것일까, 아니면 반복되는 사이클에 경륜과 자신감이 생긴 것일까? 나는 근래 곧잘 이렇게 말하곤 한다.

"새로운 계획을 세우기보다 완성하지 못한 일이나 정리하려고 합니다."

"지금까지 살아왔던 대로 살아가려고 합니다."

지난해에 건강하게 지냈고 별다른 어려움이 없었으니 감사하다. 봄에는 시집을 내었고, 여름에는 늘 생각하고 있으면서도 엄두를 내지 못했던 아드리아 바다와 이오니아 바다를 떠돌다 왔으니 잘 지낸 셈이다. 더구나 고향에서 친구가 제정한 작은 문학상도 받았으니 넘치도록 고마운 일이다.

이런 일들은 올해가 밝아올 때 계획했던 일들이 아니었다. 물 흐르듯이 흐르기로 했는데 그렇게 된 것이다. 올해도 새로운 계획을 세우기보다는 완성하지 못한 일들이나 정리하려고 한다.

선달그믐의 실망은 부질없는 것이다. 설령 올 한 해가 아주 불운했다 해도 나는 실망하거나 후회하지 않을 것이다. 후회란 이미 시효가 지난 것이고 구차하고 궁상맞을 뿐이다. 돌아다보되 담담할 것, 그것은 거울일 뿐 다시 돌아가 빠져야 할 늪은 아니니까.

의기가 넘치고 푸르던 날에는 내일의 야망을 힘주어 발표했었다. 그러나 힘을 모았던 그 무게로 실없이 무너지는 때도 있었다

젊은 시절 내 에너지는 과도한 희망을 간수하느라 소진되었을까, 손가락에 힘을 주어 눌러 썼던 약속들. 그러나 기염을 토하던 목소리가 차츰 잦아지는 것은 세상의 순리를 깨달아가고 있다는 증거일 것이다.

한 가지 내게 고마운 것은, 어느 돌밭에서도 스스로 백기를 들고 절망에 무릎을 꿇지 않았다는 것이다.

사람 꼴 보기

옛날에는 식모라고 했고 다음에는 가정부, 요즘에는 가사도우미라고 한다. 일하는 사람이 유난히 자주 바뀌는 집은 까다로운 집이지만, 오래도록 바뀌지 않는 집은 사람 꼴을 잘 보는, 무던한 집이다.

"제가 어렸을 적부터 우리 집 일을 해 주던 아주머니인데 그분을 이모라고 불러요. 오래되어 믿을 수 있어요. 어떤 때는 카운슬러 같고 어떤 때는 내 멘토처럼 든든해요. 그분은 엄마를 도와 일하면서 결혼도 하고 자식도 낳았어요. 지금은 자식들이 모두 훌륭하게 됐어요."

나는 이런 말을 하는 H가 마음에 든다.

그들은 오래 함께 지냈으므로 피차의 결함을 알고 있을 것이다. 차츰 나이가 들고 서로 익숙해져서 가끔은 허술한 구석을 보이기도 하면서 지낼 것이다.

그러나 진득하니 서로가 길들고 길들이면서 살았을 것이다. H네는 일하는 사람을 단순히 일하는 사람이라 여기지 않았고 남으로 여기지도 않았을 것이다. 가족이라고 생각하며 품었을 것이다.

H네 가풍이 훌륭하다. 일하는 사람이 아무리 일을 잘해 주어도 마음에 들지 않을 때가 있었을 것이다. 그리고 대를 이어서 그 집 일을 도와주면서 한 생애를 같이한 아주머니도 보통 사람이 아니다. 더 좋은 조건을 찾아서 떠나려고 했다면 떠날 수도 있었을 것이다. 그들은 수십 년 동안 서로 참고 수용했다. 좋은 사람들이다.

요즘 젊은이들은 평생직장이라는 개념이 없다. 조건이 조금만 나은 곳에서 손짓하면 뒤도 돌아보지 않고 가볍게 떠난다. 오히려 한 자리에 오래 엎드려 있는 것은 무능의 소치라고 판단한다.

떠나면 그만이라는 생각으로 일하는 사람에게 직장에 대한 애정이 움틀 수 있을까? 기술과 능력이 뛰어난 사람도 좋지만, 가치관이 올바른 사람, 마음이 따뜻한 사람이라야 한다. 기술이야 시간이 지나면서 발전할 수 있지만 타고난 사람의 인품은 바뀌지 않는다.

가끔 우리나라의 우수한 기술을 빼돌려 외국에 팔아먹는 사람들 이야기가 우리를 분노하게 하고 절망하게 한다. 그들은 떠나면 그만이라고 생각하는 자들이다.

우리가 기억하는 것

가을의 하루하루가 금가루처럼 흘러가고 있다. 시간은 비정하게, 정확히게, 성실히게 그리고 열심히 제 할 일을 한다.

사람들 중에도 '정확하고 틀림없는 사람'은 무섭고 냉정하다. 가다가 더러 계산이 틀리기도 하는 사람, 중요한 것을 빠뜨리기도 하고 잊어버리기도 하고 말을 더듬기도 하고 실수도 하는 사람. 사실은 그런 사람이 따뜻하고 푸근하다.

'인간은 평등하다'는 말은 맞다. 장점도 보는 각도에 따라 단점이 되고, 단점도 뒤집으면 장점이 되는 것, 허술한 것이 여유롭고 비어 있는 것이 오히려 소통할 수 있게 한다. 그런데도 모두 일등이 되려고 눈에 불을 켠다. 그런다고 행복해지는 것도 아닌데.

문예사조 교수님은 성실하셨다. 강의 시간 뒤늦게 교실에 들어오는 학생들을 돋보기 너머로 오래 훑어보시곤 했다. 교수님은 늘 양복 윗도리 작은 호주머니에 칫솔을 꽂은 채 들어오셨다.

학생들은 강의를 듣지 않고 교수님은 왜 양복주머니에 칫솔을 꽂은 채 들어오셨을까, 저마다 궁리를 한다고 했다.

선생님의 강의 내용을 기억하는 사람은 거의 없을 것이다. 그러나 호주머니에 꽂혔던 칫솔 색깔을 기억하는 학생들은 많다.

그 교수님이 얼마나 박식하고 열성적이었는지에 대해서, 혹은 일분일초도 틀림없이 수업에 임하는 그 자세에 대하여서는 별로 화제로 삼으려 하지 않는다. 그러나 교수님이 왜 칫솔을 꽂은 채 출근했는지에 대해서는 지금도 만나면 토론하기를 즐긴다.

내 학생들도 강의 내용에 대해서는 전혀 기억하지 못할 것이다. 아니, 기억하지 않는다고 하는 편이 더 낫겠다. 그들은 내가 이육사의 〈절정〉을 감상하다가 목이 메어 말을 못하더니 결국은 울었다는 것은 기억한다. 겨울철에 검정 비로드 치마에 자주색 저고리를 입었다는 것도 기억한다.

"수필론 시간에 작품을 발표했다가 '묵사발'이 됐었어요" 하는 학생도 있다. 유감스러운 일이다. 합평회니까 꼼꼼히 읽고 분석했겠지. 열성을 다해서 지적했겠지. 그가 '묵사발이 되었다'고 기억하리라곤 생각도 못 했겠지. 우리가 기억하는 것들 중에는 별로 중요하지 않은 일도 있다.

지난여름 꽈리

오늘 '기픈시' 모임은 북해도에서 있었다. 저녁을 먹은 후에 중요한 이야기도 끝나고 헤어질 시간이 되었는데, 수자 씨가 손가방을 뒤지더니 꽈리 한 개를 꺼냈다. "나는 언제나 꽈리가 좋아요"라고 하면서.

우리는 일제히 그의 손끝을 주시했다. 지금은 이른 봄이니까, 그것은 말할 것도 없이 작년 여름의 꽈리일 것이다. 내 약지손가락 한 마디보다도 작았지만, 아직 물기가 충분하고 싱그러웠다.

그는 큰 보물을 가진 사람처럼 여러 사람이 주시하는 가운데 우리에게 진지하게 물었다.

"이 씨를 조금씩 나누어 드릴까요? 가지고 가서 여러분 각자 심으시게요. 아니면 제가 심어서 내년 봄에 몇 포기씩 드릴까요?"

우리는 아무도 수자 씨의 물음에는 대답하지 않았다. 그리고 일제히 손을 내밀었고, 나누어 주는 꽈리 씨를 받았다. 꽈리 한 개의 씨를 다섯이서 나누었으니 잘 보이지도 않았다.

우리는, 그것이 식물의 씨앗을 나누는 일이라고는 생각하지 않았을 것이다. 지극히 소중한 생명을 나누었고, 우리가 가진 사랑을 기르겠다는 순간의 결의를 나눈 것이다.

이 중의 누구는 착실하게 심을 것이고, 누구는 깜빡 잊어버리고 어느 구석에서 상하게 할는지 모른다. 어떤 사람은 심어도 싹이 나지 않을 수 있고, 어떤 사람은 내년 여름 꽈리를 볼 것이다.

나도 물론 씨를 심겠지. 겨우 아파트 베란다에, 자그마한 화분에. 싹이 틀까? 잎이 피고 자랄까? 그리고 꽈리가 열릴까? 이 모든 것에 자신이 없다. 그래도 씨를 가져왔다.

참, 그 씨를 어디에 두었더라? 나는 이 글을 쓰다 말고 황급히 내 손가방을 뒤적거렸다. 작은 종이에 싸여서 손가방 주머니에 끼어 있었다. 약국에서 가루약을 싸는 방법으로 얌전히 싸여서. 그래도 하마터면 버릴 뻔한 것을 이렇게 생각해 낸 것이 다행이다. 꽈리 씨보다 훨씬 크고 요긴한 것도 깜빡깜빡 잊어버리고 사는데.

나는 오늘 밤 한껏 사치스러워진 기분이다. 그냥 수자 씨가 심게 하고 모종이나 나누어 달라고 할 걸 그랬나? 뒤늦게 그런 생각을 한다. 아마 자신이 없어진 모양이다.

속이 썩다

문자로 부고가 왔다. Y교수님이 돌아가셨다는 내용이었다. 내가 처음 호남대학에 부임했을 때 국문과 교수는 Y교수님과 나, 단둘이었다. 그해 처음 국문학과가 신설되어 며칠 되지 않았을 때였다. 그는 매우 소박하고 겸손하였으며 천성이 순했다.

6·25 전쟁 통에 아버지와 사별했을 때 그는 젖먹이 어린애였다고 했다. 그는 홀어머니의 단 하나 희망이었는데, 어머니가 바라시는 대로 성공한 아들이며 충실한 가장이 되었다.

그러나 어찌다가 그랬을까. 친척의 빚보증을 섰다가 빈털터리가 되었다는 말이 떠돌았다. 본인이 털어놓지 않아서 진위를 알 수는 없지만, 봉급이 압류당했다고도 하고 집까지 팔아 없애고 가족들이 뿔뿔이 흩어져 지낸다고도 했다. 옛날부터 빚보증을 서는 자식은 두지 말라고 했다는데, 독하지 못한 그는 차마 거절하지 못하고 인감도장을 눌렀을 것이다.

속이 썩는다는 말도 있고 애간장이 녹는다는 말도 있다. 그 말은 비유가 아니라 실제 상황으로 존재한다. 그는 아마도 파산이 되면서 속이 썩었을 것이다.

병원에서 내린 병명은 폐암이었다. 원래 애연가였지만 파산의 지경이 되면서 더 많은 담배를 태웠던 것 같다.

청상靑孀으로 아들 하나 믿고 살아온 그의 어머니가 몇 달 전 먼저 세상을 떠서 자식까지 앞세우는 비극은 당하지 않았으니, 그것만도 다행이라고 해야 할까.

경기도 모 대학병원 장례식장으로 아침 일찍 서둘러 갔다. 한낮이 되도록 조문객이 없어서 나까지 자리에서 일어날 수가 없었다. 객지라고는 해도 너무 쓸쓸하였다.

서울에서 활동하는 국문과 졸업생들을 수소문하여 불러들였다. 돌아가신 분을 위하는 자리가 아니라 오래 소식을 모르고 살던 졸업생들이 만나는 장소처럼 되었다. 살아서 한 번이라도 얼굴을 보자고, 죽은 다음에 찾아가는 게 무슨 소용이냐고 한마디씩 했다.

아직은 떠나기 아까운 나이에 가버린, 누구에게 시원하게 터놓지도 못하고 혼자 애가 닳고 속이 썩어서 가신 Y교수님, 오늘 밤은 잠이 오지 않을 것 같다.

음료수와 마실 물

엊그제 고속버스에서였다.

차 안에 생수를 준비해 놓는다는 말을 얼핏 들은 것 같아서 기사에게 물었다.

"차 안에 음료수가 있지요?"

그는 친절하여서 성의를 다하는 듯한 목소리로 대답하였다.

"마실 물은 있습니다만, 음료수는 없는데요."

미안해하는 그 앞에서 나는 순간 당황하였다.

그리고 음료수라는 말의 의미를 의심하였다.

마실 음飮, 헤아릴 료料, 물 수水, 음료수. 내가 잘못 알고 있는가? 나는 잠깐 혼란스러웠다. 많은 사람이 콜라나 사이다, 주스 등 가공 음료를 음료수라고 알고 있나 보다.

식수는 음료수라고 하지 않고, 그냥 '물'이라고 하거나 마실 물, 냉수, 맹물, 특히 요즘은 생수라고 해야 알아듣나 보다.

식당에서도 밥을 더 달라고 하면, 종업원은 주방 쪽을 향해 "공기 하나 추가!" 하고 소리를 지른다. 나는 빈 그릇인 공기를 달라고 주문한 것이 아니고 밥 한 그릇을 원했는데도…. 요즘 줄여서 하는 말들은 알아듣기 어려울 때가 많다.

물보다 몇 배의 돈을 줘야 살 수 있는 오렌지주스나 탄산음료수, 혹은 새로 나와서 이름도 잘 모르는 각종 마실 것들을 마치 맹물처럼 흔하게 마시는 시대라서 음료수라고 하는가?

생각해 보니 나는 그런 종류의 음료수를 별로 좋아하지 않아서 내 손으로 사들인 적이 별로 없었던 것 같다. 한여름에는 미숫가루를 만들어서 먹곤 했는데, 요즘은 그것도 귀찮아서 그냥 냉수를 마신다. 마시다 보면 세상에 냉수처럼 맛있는 것이 있을까 싶다.

나는 딴 나라에서 온 사람처럼 멍해졌다. 그리고 고속버스 기사에게 돈을 내고 사야 하는 그런 음료수를 공짜로 요청하는 사람이 되어 버린 사실이 부끄럽고 창피했다.

어쨌든 나는 어이없는 사람이 되어 버렸지만 어쩔 도리가 없었다. 음료수라는 말의 뜻을 새삼스럽게 수정해 줄 수도 없고 가르칠 수도 없었다. 그냥 아무 말도 하지 않는 것이 상책이었다.

버스 안에 비치해 둔 물도 마시고 싶지 않았다.

너무 멀리 왔다

그 친구는 짜증이 나거나 불쾌하면 무작정 차를 몰고 멀리 떠난다고 했다. 떠나서 이틀이고 일주일이고 돌아다닌다고 했다. 지방으로 내려온 지 2년밖에 되지 않았는데 그가 차를 타고 돌아다닌 지역이 20년 가까이 살아온 나보다 몇 배나 많았다. 그동안 짜증이 나거나 불쾌한 일이 그렇게 많았단 말인가.

지리에 어두울 텐데 어떻게 찾아다니느냐고 물으면서, 그게 어리석은 질문이라는 걸 알고 이내 후회하였다.

"지도를 보면서 가지요."

그는 너무도 당연한 것을 왜 묻느냐는 듯이 말했다.

나는 속이 답답하고 걱정거리가 쌓이면 문밖에도 나가기가 싫다. 나가지 않고 더 깊이 내 속으로 파고든다. 고동 속 같은 내 안으로 깊이 파고들어 나인지 걱정인지 분간을 할 수가 없게 된다.

그러다가는 필경 나까지도 상하고야 말 텐데…. 이상하다, 나는 상하지는 않고 잘 빠져나온다. 상하지 않는 것은 아마도 체념 때문일 것이다. 연연하는 것은 부질없는 것이라며, 나는 빨리 진단하고 빨리 처방한다.

그런데도 오늘 그 친구의 말을 들으면서 '나도 무작정 차를 몰고 달려 봐?' 하는 생각이 갑자기 들었다. 그것이 훨씬 적극적이고 진취적인 것 같았으며, 그가 똑똑해 보이다 못해 부럽기까지 했다.

그러나 바뀌지 않을 것이라는 걸 나는 안다. 사람이 살아가는 방법은 여러 가지다. 남이 선택한 길을 내가 덩달아 따라나선다 해도 그가 얻은 것을 나도 얻을 수는 없을 것이다. 그가 걷는 방법으로 똑같이 걷더라도 목적지는 다르니까.

세상의 수많은 방법 가운데 내가 선택한 방법은 우연히 그렇게 된 것이 아니며, 한번 선택한 것을 중도에 바꾸는 것도 내 의지대로 되지 않는다. 설령 그럴 수 있다 해도 지금 돌아서기에는 너무 멀리 왔다.

애초부터 그것은 내 길이 아니었을 것이다. 나는 얼마 동안 세상의 속도에 뒤진 패배자라는 생각에 시달렸다. 설령 그렇더라도 내 습관과 선택이 아주 그릇된 것은 아닐 것이다.

바랄 것이 없겠다

낮이 많이 짧아졌다. 아침 여섯 시에 일어났는데도 밖은 아직 어둡다. 동지까지 두 달 반이나 남았으니 그때까지 계속 짧아지면 아침 일곱 시가 가까워져도 아직 캄캄하겠지.

러시아에 갔을 때 밤 아홉 시가 넘어도 해가 동동 떠 있어서 피곤했다. 밝으면 그 밝은 동안에 대낮처럼 활동하게 된다. 낮이 길어지면 자의든 타의든 노동시간이 늘어나고, 밤이 길어지면 친구들과 어울려서 깨어 있을 것이다. 담소를 하든, 영화를 감상하든, 음악회나 연극, 무용발표회를 구경하든, 무슨 일에든 빠져 있을 것이다.

각 나라의 기후나 지형이나 환경조건이 그 나라의 문화와 국민성을 만든다. 그래서 몽골에는 몽골 초원의 문화, 에스키모에게는 에스키모의 문화가 있고, 사하라 사막에는 사하라의 문화가 있다.

중학교 지리 시간에 선생님은 반도 국가의 특징을 설명하면서 이탈리아와 우리나라가 국민성이 비슷한 것은 같은 반도 국가이기 때문이라고 했다.

그런데 그 반도 국가의 국민성이라는 것이 별로 좋은 것이 아니었다. 지금은 그대로 기억하진 못하겠지만 그중 하나가 조급성이었다. 일본 사람들은 섬나라의 특성, 중국 사람들은 대륙의 특성이겠지. 그러나 우리의 반도적 특성인 그 조급성이 무작정 나쁘기만 할까.

나는 요즘 우리 조상들에게 감사하는 시간이 많아졌다. 반만년 역사를 지내 오는 동안 반도 국가에서 우리 민족이 겪어야 했던 국난과 변고들이 많았다. 그러나 위난의 역사 속에서도 이루어 낸 세계적인 문화유산들이 얼마나 많은가. 풍전등화 같은 절박함을 만날 때마다 뭉쳐서 극복했던 기적적인 힘은 또 얼마나 눈물겨운가.

제발 정치가들이 밥그릇 싸움만 하지 말고, 민족적인 긍지와 사명감으로 양심을 가지고 나라의 앞날을 생각한다면 바랄 것이 없겠다. 그게 그렇게 어려운 일일까? 국민은 똑똑한데 정치가가 되면 이상하게 변하기 시작한다.

시간표 속으로 끼어들다

'서울에 오시면 연락하세요'라고 하지만 그러기가 쉽지 않았다. 연락한다 해도 만날 확률은 그리 높지 않을 것을 나는 안다. 그들은 그들대로 바쁜 일정에 쫓기고 있을 것이기 때문이다.

내가 오랜만에 연락한다 해도 그들 중 어떤 사람은 여행을 떠났고, 혹은 병중인 친구들도 있을 것이다. 독감에라도 걸렸다면 목이 잔뜩 쉬어 말을 못할 테니 만날 수가 있겠는가. 더러는 바쁜 일로 아예 전화를 받지 못하기도 하겠지.

내가 남의 시간을 비집고 들어가기도 어렵지만, 내 시간표에 남을 끌어들이는 일도 쉽지 않다. 쉽지 않다는 말에는 물론 분주하다는 의미도 있지만, 정해진 시간을 맞출 수 없어서 무례를 범할 수 있다는 의미도 포함된다.

대학을 갓 졸업하고 전주에 있을 때, 어떤 소설가가 서울에서 내려올 때마다 나를 불러냈었다. 나는 그때 풋내기 선생이고 사회 초년생이어서 별로 친하지도 않은 선배, 더구나 이성인 그와 마주 앉아 시간을 죽이고 있다는 사실 하나만도 큰 고역이었다.

문단이 돌아가는 이런저런 이야기와 스캔들을 포함한 온갖 소문을 듣긴 했지만, 별로 아는 것도 없고 큰 관심도 없었으니 대답할 말도 없었다. 차를 마시고 저녁을 대접하고 헤어질 때. 선배는 언제나 이렇게 말하기를 잊지 않았다.

"서울에 오면 꼭 연락해요."

나는 한 번도 연락할 마음이 생기지 않았다.

아무 때나 가리지 않고 그의 시간표 속으로 파고들 수 있는 대상은 그리 많지가 않다. 선후배도 그렇지만 친구들 사이라도 크게 다르지 않다. 제자에게 연락한다는 것은 더 어렵다. 소식이라도 알고 싶으면 일을 끝내고 돌아오는 차 안에서 한다.

> –잘 있느냐, 그간 소식이 궁금했었다. 열심히 잘하고 있거라, 잠시 일이 있어서 왔다가 가는 중이다.

만난 것처럼 시원하고, 돌아서는 발걸음도 깔끔하다. 그러나 늘 이렇게 하다가는 점점 멀어질 수도 있을 것인데, 얼굴이라도 잠깐 보고 갈 걸 그랬나?

괜찮아,
아무것도 아냐

엉뚱한 잘못을 저질렀을 때, 어리석게 속아서 낭패를 당하고 어쩔 줄 몰라 서성거릴 때, "괜찮다. 그까짓 것, 살다 보면 그럴 수도 있지. 걱정하지 마라." 어머니의 말씀은 나를 걱정에서 벗어나게 하였다.

어머니는 칭찬에 인색한 편이었다. 고등학교 2학년 때 어떤 소규모 전국대회에서 상을 받았는데, 동네 사람들이 나를 칭찬하자 어머니는, "별것 아닙니다. 어쩌다가 소경이 문고리를 잡은 격이지요"라고 하셨다. 우연히 그렇게 된 것이지 실력이 좋아서 받은 것이 아니라는 뜻이었다. 나는 속으로 억울했다.

그러나 "괜찮다. 그까짓 것, 걱정하지 마라" 하실 때는 돌아앉아 있는 어머니의 등이 거인의 뒷모습처럼 든든하고 편안했다.

〈내리는 눈발 속에서〉라는 서정주의 시는 '괜찮다, 괜찮다'로 시작한다. 우리의 관습상 무엇이건 세 번으로 끝내는데 '괜찮다'를 네 번이나 반복한 것은 그만큼 절박하고 다급했다는 뜻일까?

네 번의 '괜찮다'는 이미 상한선을 넘어 무한이라는 의미. 심란하고 어수선한 대기 속에 내리는 눈발을 맞으면서 스스로 위로하려는 자기 염원의 '괜찮다'이다.

겨울 추위에 모두 얼어붙어 있을 때, 시인은 하얀 눈발 속에서 어두운 운명을 껴안는 목소리로 괜찮다, 괜찮다, 달랬을 것이다.

아무리 '괜찮다'고 해도 내 속으로는 괜찮지 않을 때도 있다. 사실은 괜찮지 않은 큰일인데도 감싸고 덮어서 겁을 먹은 사람을 안심시키려는 말이라는 걸 안다. '큰일 났네, 이를 어쩌면 좋아'라고 할 자리에 '괜찮다, 이만한 게 얼마나 다행이냐'를 대입하면 세상의 어지간한 일들은 정말로 괜찮아진다.

자동차를 후진하다가 황망 중에 외국산 자동차와 접촉사고를 내고 잔뜩 풀이 죽어 있을 때, "괜찮아, 몸을 다치지 않았으니 됐어"라는 가족이 고마웠다. '괜찮다'는 말은 크고 너그럽다. 그것은 더 추궁하지 않겠다는 말, 잘못을 따지지 않고 껴안겠다는 말이다. 나에게 괜찮다고 말해 줄 사람이 없으면, 혼자라도 중얼거려야겠다.

"괜찮아, 그까짓 것, 아무것도 아냐."

그렇게 말하고 나면 숨통이 트일 것이다.

웃는 연습부터 하세요

우체국(정확히 '우편물 취급소')에 가서 무얼 부치려는데 직원이 내가 쓴 주소를 한참 들여다보더니 그런 주소가 없다고 했다. 며칠 전에도 거기서 부쳐 온 물건을 받았고, 나도 여러 번 편지를 부쳤는데 '그런 주소가 없다'니 어쩐 일인가?

요즘 정보통신부에서 새 도로명이 나온 후 옛날 주소와 새로 나온 주소를 함께 써도 된다고 했고, 나는 옛날 주소를 명확하게 기록하였다. 안 된다고 하니까 나는 곧바로 우편물을 받을 희경 씨에게 전화를 걸었다.

"나도 무얼 좀 부치려는데 희경 씨 주소가 틀린 주소라네요. 주소를 불러볼 테니 맞는지 틀리는지 들어보세요."

한 글자 한 글자 또박또박 읽었더니 틀림없다고 했다. 직원은 망설이다가 우편물 취급소 소장에게 상의하였다. 소장은 컴퓨터 모니터를 훑어보더니, "소포가 들어가지 않더라도 우리는 책임 없습니다" 하였다.

나는 속으로 자기가 언제부터 우편물 도착에 대한 책임을 그렇게 철저히 짊어졌단 말인가, 하는 생각이 들었지만, 겉으로는 내보이지 않고 그냥 웃었다. 그랬더니 소장은 웃음으로는 안 되고 확실한 대답을 들어야겠다는 듯이 "그래도 그냥 부쳐요? 말아요?" 따지듯이 말했다. 부치겠느냐 포기하겠느냐 둘 중 하나를 선택하라는 것이겠지.

"그냥 부치세요."

감정대로 쏘아붙이지 않고 애써 부드럽게 말했더니 이상하게 맥빠진 목소리가 되었다. 나는 돌아오는 길에 곰곰이 생각했다. 이 우편물 취급소 소장이라는 사람은 고객들에게 인사를 할 줄 모른다. 취급소가 생길 때부터 10년 넘게 드나들었지만 웃는 꼴을 본 적이 없다. 특히 책을 많이 부치기 때문에 그도 내가 눈에 익을 텐데, 언제나 '뚜웅'하니 불만에 찬 표정이다.

은행에 갈 일과 우체국에 갈 일이 겹칠 때면 훨씬 먼 길을 걸어서라도 은행 옆의 우편물 취급소로 간다. 힘들지도 않고 스스로 기분이 좋아지는 웃음. 웃는 데에 자본이 드는 것도 아닌데, 왜 그 사람은 그렇게 웃지 못할까. 웃지 못하면 찡그리지나 말 일이다.

자기 직업에 감사하는 마음, 봉사하는 마음이 없으면 쉽게 웃을 수가 없을 것이다.

쓸데없는 짓

'쓸데없는 짓'이란 생산성이 없는 행위라는 뜻이다.

노력을 기울였지만 아무 반향이 없고, 이렇다 할 결과도 나타나지 않을 때 공연히 '쓸데없는 짓'을 했다고 한다.

그런데 반드시 '쓸 데 있는 짓'만 하는 사람도 있다. 손해를 입을 듯한 일은 절대로 하지 않는 사람, 계산이 빠른 사람, 세상살이에 약고 눈치가 재바른 사람, 절대 감정에 휘둘리지 않는 사람. 그런 사람들은 쓸 데 있는 짓이 아니면 절대로 하지 않는다.

'쓸데없는 짓'을 잘하는 사람은 어리석어 보이고 한심스러워 보이지만, 그에게는 사람의 온기와 눈물이 있다. '쓸 데 있는 짓'만 하는 사람은 촌분의 오차도 없이 정확히 판단한다. 그런 사람이 갑자기 기부금을 많이 내면 사람들은 긴장하고 의심하게 된다.

"그 사람이 왜 그랬을까요? 이상합니다. 반드시 무슨 꿍꿍이속이 있을 텐데요."

대학에서 인문학과가 많이 정리되었다.

정리되었다고 하니까 깨끗하게 잘 해결했다는 말로 들리겠지만,

정확하게 말하자면 없애 버렸다는 말이다. 철학과와 사학과가 없어지고 독어독문학과, 불어불문학과가 없어지더니 근래에는 국어국문학과까지 없어지고 있다. 쓸데없는 학과라는 것이다.

그리고 없어진 그 자리에 취업이 쉬운 학과들이 들어섰다.

요즘 대학들은 인격을 도야하는 학문의 전당이 아니라 취업 준비를 위한 기술 학원 같다. 사학과가 없어진 나라에서 독도는 우리 땅이라고 크게 외쳐도 그 목소리가 공허하게 들릴까 봐 걱정된다. 국어국문학과가 없어지는 나라에서 어떻게 민족혼이 건재하다고 말할 수 있겠으며, 어찌 내 나라 고유의 문화와 예술을 언급할 수 있겠는가. 대학은 졸업생의 취업이나 대학 운영의 어려움도 생각해야 하겠지만, 그보다 먼저 학문과 지성을 연마하는 상아탑으로서의 존재 가치를 긍지로 삼아야 한다.

문학(시)을 한다고 했을 때 주변에서 모두 '쓸데없는 짓'이라고 하였다. 지금도 그렇다. 그러나 그 쓸데없는 짓이 나를 오늘까지 부패하지 않도록 떠받치는 버팀목이 되어 주었다.

버리러 가서
주워 오기

연일 찜통더위가 기승을 부린다. 문이란 문을 있는 대로 열어 놓고 바람을 끌어들인다. 방마다 무엇인가로 가득 차 있어서 통풍이 되지 않을 것이다. 답답하다. 두 사람이 사는데 이렇게 많은 살림이 필요한지 모르겠다. 오늘은 무엇을 버릴까 속으로 궁리한다.

부엌 벽장에는 모양이 예뻐서 버리지 못한 빈 병들. 찬장에는 요긴하게 쓸 수 있을 듯한 플라스틱 통들. 책상 위에는 재활용하려고 쌓아 놓은 깨끗한 A4용지들. 거실에는 날마다 떨어뜨려 놓고 가는 신문지, 책상 위에는 각종 월간지, 베란다에는 오래 묵어서 새끼까지 치고 있는, 따지고 보면 별것 아닌 화분들, 버린다면 무엇부터 버릴까? 순위를 정해 본다.

신문지, 빈 병, 플라스틱 통, A4용지, 별것 아닌 화분, 월간지 순이 될까? 이리 가나 저리 가나 구질구질하다.

요즘 내가 버리면서 살기로 작정한 것을 그도 눈치 챘는지,

"여기 있던 것, 당신이 버렸어?"

조금 찾다가 눈에 띄지 않으면 즉시 내게 묻는다. 그냥 묻는 것이 아니라 추궁조다.

아무리 버리려 해도 버릴 수 없는 것이 있고 버려서는 안 될 것도 있는데, 아무 판단도 없고 생각도 없이 다짜고짜로 버리는 줄 아나 보다. 버리려던 것도 열 번 생각하고 다시 챙겨 담기도 하는데.

쓰레기를 버리러 갔다가 남이 버린 것을 주워 오기도 한다. 예를 들면 크리스티앙 쟈크의 장편소설 《람세스》 한 질, 다섯 권 같은 것이다. 그것을 내 집으로 데려온 건 이집트 여행을 다녀온 직후였다. 다 읽은 후 그걸 다시 버린다면 필요한 누가 주워 갈 것이다.

버릴 것과 주워 올 것이 처음부터 정해져 있는 것은 아니다. 각자의 필요와 취향과 형편에 따라서 달라지는 것이니까.

아무리 쓰레기장에 버려졌어도 누군가의 밝은 눈에 발견되기만 하면 그는 장식장 안에 보물처럼 진열될 수도 있을 것이다.

수많은 사람 중에 누가 먼저 버려질까? 누가 우선적으로 잊힐까? 내가 버려지면 다시 주워 가는 사람도 있을까?

어차피 모두에게 다 기억되기를 바랄 수는 없다.

그리워라,
이슬을 맞고 있는 사람

화려한 세상의 어느 후미진 구석에 의외로 광채를 발하는 사람들이 숨어 있다. 충실하게 자기의 세계를 구축하는 무게 있는 사람들이다. 그들은 자기의 가치와 신념을 지키며 시끄러운 세계에 휩쓸리지 않는다.

그러나 아무도 모르게 침잠하여서 겉으로 드러나지 않는 그를, 중량이 있는 사람으로 대접하는 예는 그다지 많지 않다. 오히려 이런 말들이 정답처럼 왁자지껄 나부끼기도 한다.

"가만있지 말고 떠들어야 해, 짖는 개를 돌아다보는 거야."

"이름을 부를 때까지 기다리는 건 바보야."

세상은 날로 경박해지고 진실이 무엇인지 모르게 시끄럽다. 각자 제 얼굴이 그려진 깃발을 만들어서 흔들고 다닌다. 개별적인 한 사람 한 사람은 교주이며 그 종교의 유일한 신도다.

한낮의 볕살에 말라 빨랫줄에서 혼자 흔들리는 저물 무렵의 빨래. 주인은 널어놓고 어디 가고 없을까? 마른 가오리 짝처럼 바람에 버스럭거려도 걷어 들이지 않은 빨래.

그대로 두면 밤이슬을 맞고 축축해질 것이다. 걷어 들이지 않는 빨래는 소외된 것일까? 누구 하나 거들떠보지도 않아서 외롭게 널려 있는 빨래는 버려진 것일까?

걷어 들이지 않는 빨래처럼 밤새도록 이슬을 맞고 있는 사람도 있다. 밤은 깊다가 새벽으로 치달아 오슬오슬 한기가 드는데, 아무도 그를 찾지 않는다. 모두 어디 가서 무엇을 하느라 그가 눈을 뜨고 있다는 것을 모르고 있을까?

그러나 누가 당신에게 소외된 자라고 말하더라도 깜짝 놀라서 방어하지 않았으면 좋겠다. 오히려 그렇다고 긍정해도 된다. 소외된다는 것은 근접하기 어렵다는 말도 되니까. 아무에게나, 아무렇게나 나를 허락하지 않아서 그 영혼이 고고하다는 말도 되니까.

서늘한 저녁 알지 못할 사람, 저러다가 신경통이 도지면 어떡하나? 나는 나대로 심란하고 걱정스러워 자꾸 밖을 내다본다. 나는 그의 이름을 모르므로 무작정 손이라도 흔든다. 괜찮다고, 곧 날이 밝을 것이라고, 청청한 그 자존심으로 새벽을 맞으라고.

어제, 오늘
그리고 내일

'시간이 인생이다.' 정의하는 말도 있고 '시간을 누려라.' 충고하는 말도 있다. 이런 말이야 누구나 알고 있지만, 달리는 시간을 붙잡아서 누리는 일은 말처럼 쉽지 않다.

'오늘'은 지금 당장 풀어야 할 문제에 매달리게 하고, '어제'는 모르는 사이에 놓쳐 아쉬움과 후회만 남았다. 그리고 '내일'은 확실하지 않으면서 막연히 기대하게 하고, 곧잘 나를 속이면서 부질없는 희망을 걸게도 한다.

'생일날 잘 먹으려고 이레를 굶었더니 죽어 버렸다'느니 '내일 보자는 놈 무섭지 않다'고 미래의 부정확성과 속절없음을 비꼬는 말을 듣다 보면 내 삶의 정점은 바로 '지금 이 시간'이 아닌가 싶다.

'이다음에'라는 약속은 우선의 변명에 그칠 확률이 높다. 다시 인생을 시작한다면 과연 특별하게 각성하여 더 가치 있는 삶을 누릴 수 있을까? 나는 유감스럽게도 이 점에 늘 회의적이다.

지금 모습 이대로 지금의 버릇 그대로 반복하면서 같은 실수를 다시 하면서 살 것이라는 생각은 무엇 때문인지.

갑자기 어디선가 들었던 우스갯소리가 떠오른다. 누가 물었다고 한다. “다시 태어나도 지금의 남편과 살고 싶습니까?” 상대방은 다소 격앙된 목소리로 대답하더란다. “똑같은 남편을 만나 살려면 와 다시 태어나겠노?”

정말 다시 태어난다면 지금과는 전혀 딴판으로 살 수 있을까? 단순한 재생이 아닌 환생이라면 몰라도 별수 없을 것이다.

외양과 환경과 철학까지도 전혀 다르게, 미스 유니버스로, 혹은 백만장자의 외동딸로 태어난다면, 지금처럼 살고 싶어도 그렇게 살도록 놔두지 않을 것이다. 내가 늘 소망하던 대로, 활달한 성격으로, 다재다능하게 태어나서 5개국의 말에 능통하게 된다면, 지금과는 전혀 다르게 살 수 있을지도 모르지.

“똑같이 살려면 왜 다시 태어나겠는가?” 그 말은 정답이다.

그러나 내가 바라고 원하는 삶은, 바로 지금의 삶에 최선을 다하지 않고서는 불가능할 것이다. 기적도 행운도 현재를 살아가는 성실한 자세 위에 포상처럼, 칭찬처럼 내려질 것이다.

제3부

누군가,
내 이름을 불러 준 그대

무성한 여름

오늘은 최고의 더위라고 한다. 앞으로도 날마다 최고를 갱신할 것이다. 그러나 이렇게 하루하루 넘기는 사이 여름은 흔적도 없이 사라질 것이고 우리 앞에는 다시 손님처럼 가을이 서 있을 것이다. 가을은 다시 돌아오지만 작년의 그 가을이 아닐 것이다.

무엇이나 견디지 못해 허둥대다가 놓친다. 우리는 그것이 다시 오지 못할 순간이라는 걸 생각지 않고 지긋지긋한 듯이 고개를 흔들고, 그러는 사이 우리는 그것과 영영 이별하게 될 것이다.

어제 휘영이가 우리와 함께 점심을 먹었다. 내가 휘영이에게 점심을 차려 먹이는 것은 자주 있는 일이 아니다. 오랜만에 만나서 그렇겠지만 만날 때마다 훌쩍 자라 있다. 전에는 묻는 말이나 겨우 대답하더니, 이번에는 시키지 않아도 졸졸 말을 꺼내더니 나를 앞질러 주도하였다.

"〈의사와 환자와 사회〉라는 과목이 학기마다 있어요. 아마도 의사의 윤리의식과 도덕성을 기르기 위해서 설강했나 봐요. 이번 리포트 제목은 '미혼모의 유산을 어떻게 생각하는가?'였어요."

휘영이는 제가 쓴 리포트 내용을 내게 설명하였다. 주변에 미혼모들이 많은데 어색하지 않게 부모와 함께 살고 있다고, 저도 그런 케이스를 여럿 보았다고 하였다.

나는 휘영이가 말을 하다가 생각을 고쳐먹고 중도에 끝내지 않게 하려고 "응, 그래서?" "그래?" "잘했구나." 판소리의 고수가 추임새를 넣는 것처럼 박자를 넣어 리포트를 잘 썼다고 응원하였다.

제 어미는 가끔, 휘영이가 매사에 지나치게 솔직하기만 한 것은 세상을 너무 모르기 때문이 아닌가 걱정한다.

"그렇지 않더라. 다른 아이들처럼 약지는 않지만 그게 그 애의 인격이고 매력이 아니겠니?"라고 문자를 보냈다.

"저희보다 한 세대 어른이신 엄마 아빠가 곁에 계셔서 좋아요. 애들한테도 더없이 좋은 일이어요."

휘영이는 아마 제 어미보다는 내가 편할 것이다. 그래서 아무 저항 없이 묻지 않은 말도 털어놓을 수가 있을 것이다.

이 무성한 여름이 지나고 가을이 되면 휘영이는 훨씬 더 어른이 되어 있겠지.

함께 걷지도 못하면서

오늘 새벽 산책길에서 어떤 남녀가 유난히 다정하게 걷는 걸 보았다. 처음에는 손을 잡고 걷다가 나중에는 팔짱을 꼈다. 뒷모습으로 보아 나이도 꽤 들어 보이는데 좀 야단스럽지 않은가 싶었다.

"유난스럽기도 하네. 새벽 산책길에서까지 저럴 필요가 있을까. 다리 운동이나 하고 들어가면 되는 것을."

사람들은 대부분 간편한 복장으로 뛰기도 하고 귀에 이어폰을 꽂고 빠른 걸음으로 걷기도 하였다. 팔짱을 끼고 천천히 걷는 그들이 특별하게 보였고, 마땅치 않게 생각되기도 했다. 그들이 천천히 걷기 때문에 나와의 거리가 점점 가까워졌다.

그런데 어느 지점까지 가더니 돌아섰다. 거기까지만 걷고 다시 왔던 길로 되돌아가려는 모양이었다. 돌아서면서 남자가 비틀거렸다. 여자가 놀라서 "아빠! 제게 기대세요" 하였다. 나는 깜짝 놀랐다. 아니 감동했다. 그들은 부부간이 아니라 부녀간이었던 것이다.

몸이 부실한 아버지를 모시고 함께 걷는 딸, 어쩌면 딸이 아니라 며느리일는지도 모르지만, 오늘은 그냥 딸이라고 생각하기로 하였다.

며느리가 그렇게 하기를 감히 바라지 못하는 마음으로 말이다. 딸이라 해도 쉬운 일은 아니다.

오늘 아침 그 딸은 오십 대쯤 되어 보였다. 딸은 딸대로의 생활이 있을 것이고 젊으면 젊은 만큼 할 일도 많아서 분초를 다툴 일도 있을 것이다. 아침 일찍 아버지를 모시고 저렇게 다정하게 얘기를 나누면서 걷는 딸이 흔하랴.

부부가 함께 걷는 것도 누구나 할 수 있는 것은 아니다. 보폭을 맞추면서 양보하는 마음, 상대의 호흡과 속도에 맞추면서 내 호흡과 속도는 내려놓는 일, 함께 걷는다는 것은 함께 살아간다는 것, 함께 살겠다는 것, 함께 생각하고 어울리겠다는 것이다. 그것보다 중요한 일이 무엇인가? 함께 걷지 못하는 부부는 가까울 수 없다.

집에 돌아온 후에도 그 부녀가 계속 생각났다. 참 좋은 딸이구나, 효도란 바로 부축하며 돌보며 함께 걷는 것이구나.

함께 걷지도 못하면서 이 세상의 무슨 일을 함께 도모하겠는가? 그들이 할 수 있는 일은 아무것도 없을 것이다.

사람 같은 사람

남의 신세는 절대로 지지 않으려는 사람, 하늘이 무너져도 자기가 할 일만은 빈틈없이 처리하는 사람. 그는 철저하고 책임감도 강하다. 책임감이 강한 만큼 자존심도 보통이 아니어서 남에게 꾸중들을 일은 좀처럼 하지 않는다. 그는 1센티 1밀리의 착오만 있어도 마음이 편치 않다. 그러나 그런 사람은 철저한 만큼 여분이 없고 매섭도록 냉정하기도 하다. 남의 실수도 이해하지 못한다.

너무 정확한 사람은 곁에 있는 사람까지 숨 막히게 한다. 가끔 실수도 저지르는 보통 사람, 실속 없는 짓을 해서 손해를 당하기도 하는 사람, 마음이 넉넉하여 곁에만 가도 편안해지는 사람, 누구나 그런 사람을 이웃하여 살고 싶어 한다.

문학 동인에서 회원을 영입하려고 할 때 언제나 부딪치는 사항이 있다.

"시를 잘 쓰는 사람도 좋지만 따뜻하고 덕이 있는 사람이면 좋겠어요."

글이야 갈고 닦아 수련하면 발전하지만 인간성은 바뀌지 않는다는 것이다.

교수를 채용할 때도 실력이나 업적보다 인격을 더 중시했었다. '실력이야 거기서 거기 아닙니까?' 하면서.

학생 중에도 성적이 뛰어난 우등생들은 대개 이기적이고 비협조적이다. 그는 홀로 뛰어난 그만큼 주변에 친구가 없다. 그러나 성적은 조금 뒤져도 우호적이고 헌신적인 학생에게서는 훈풍이 돈다.

초등학교 때부터 공부, 공부하며 성적 올리기에만 급급한 우리는 자식들을 지금 어느 낭떠러지로 몰고 가고 있는가? 요즘 고등학교에서는 체육이나 미술, 음악 수업을 도외시하고, 원하는 대학에서 필요로 하는 점수에만 매달리고 있다.

전인교육은 없어졌다. 오로지 국, 영, 수, 과학, 사회에만 매달린다. 가깝게는 점수를 높이고 숫자에 맞추어 목적을 이루고, 나아가서는 체온도 없고 눈물도 없고 감정도 없는 로봇을 만들어 내는 교육. 무서운 일이다. 날마다 소름 끼치는 일이 일어나는 세상이다.

사람 같은 사람들을 만나면서 살고 싶은데, 사람 같은 사람이 점점 줄어들 것이 아닌가 걱정이다.

누군가,
내 이름을 불러 준 그대

상을 주셔서 감사합니다.

한국에 문학상은 많습니다. 제가 검색해 보았더니 2018년 1월 12일 현재 464개입니다. 저도 몇 번 문학상을 받았는데, 제가 받은 상 중에 464개에 이름이 오르지 않은 상도 있습니다.

그런 것으로 보아 현존하는 한국의 문학상 수는 아마 1천 개는 되지 않을까 생각됩니다. 1천 개든 1만 개든 상을 받는 것은 기쁜 일입니다. 상을 준다는 건 누군가를 선택하여 이름을 불러 준다는 것이고, 잘했다고 칭찬해 주는 일이기 때문입니다.

돌아다보면 문단에 들어온 지 거의 60년입니다. 반세기 이상 같은 일을 해 왔으니 시를 쓰는 일은 눈 감고도 할 수 있다고 자신감을 가져야 하는데, 저는 전혀 그렇지가 않습니다.

도대체 문학이란 무엇인가요? 문학이 무엇인지, 시가 무엇인지는 몰라도 문학적이 아닌 것, 시적이 아닌 것은 골라낼 수는 있을 것 같습니다. 공자는 "시삼백 일언이폐지 왈 사무사"라고 하였습니다.

저는 사무사思無邪라는 말을 좋아합니다. 동양화를 배우면서 낙관을 만들었는데, 제 낙관에 새겨진 말이 사무사입니다. 아무런 거짓이 없는 것, 술수가 없는 것, 꼼수가 없는 것, 진실하고 순수하다는 말 사무사. 문학상도 역시 사무사한 상이여야 합니다.

어느 분이 제가 오늘 문학상을 받게 되었다고 하니까, "상금은 얼마 되지 않아도 아주 깨끗한 상입니다"라고 하였습니다. 듣기에 매우 흐뭇한 말이었습니다. 나는 깨끗한 상을 받는구나, 문학적인 문학상을 받는구나 하는 기쁨이었습니다.

갈수록 시가 무엇인지 보이지 않고 갈수록 소외감과 고독이 느껴질 때, 보약을 주시듯이 상을 주셔서 고맙습니다. 앞으로도 이 상은 계속 이어질 것인데, 제가 이 상을 받았다는 말을 듣고 뒤에 받을 다른 사람이 '괜찮은 상이구나' 생각했으면 좋겠습니다.

받은 상의 위상을 높이도록 열심히 살겠습니다. 보약을 먹었으니 더욱 기운을 차려서 좋은 작품을 쓰겠습니다. 감사합니다. 대단히 감사합니다.

유전하는
사랑

내 기억의 비단 주머니 안에는 그리운 사람들의 이름이 들어 있나. 그들은 언제나 자기를 감추고 상대방을 세워 주었다. 당신이 옳다고, 네가 옳다고 앞세우려고 했다.

내가 수십 년 동안 잊지 못하는 건, 그들이 나를 앞세웠기 때문이 아니라, 내가 아직 용서를 구하지 못했기 때문이다. 용서는 물론이고 미안함이나 고마움도 제대로 전하지 못했다.

가까운 핏줄로는 고모가 그랬었다. 나는 고모가 나를 사랑하고 있다는 걸 알기 때문에 고모를 늘 이기려고 하였다. 고모는 번번이 내게 져주었고, 즐겁게 져주었다. "친정 조카랍니다." 고모의 목소리에 실려 나오던 '친정'이라는 말. 친정이라고 할 때의 그 자랑스럽고 흐뭇하고 당당하던 미소. "오냐, 오냐, 네 마음대로 하렴." 고모는 친정을 앞세우듯이 나를 앞세웠다.

친구 중에서는 성이 언니가 그랬다. 성이 언니는 나와 동급생인데 나보다 세 살 위였다. 세 살이 위인데도 나는 얼마 동안은 거침없이 "성이야"라고 불렀었다.

성이 언니는 늘 나를 앞세웠다. 성이 언니가 "그러니? 네가 옳을 거야"라고 말할 때마다 나는 내가 틀렸다는 것을 직감했다.

나는 나를 앞세우는 그들 앞에서 억지를 쓰기도 하고 고집을 부리기도 했을 텐데, 그들은 애교나 재롱쯤으로 보아 주었다. 사랑이란 알면서도 넘어가 주는 것인가.

잘못한 사람도 무얼 잘못했는지 안다. 얼마나 잘못했는지도 알고, 그들이 왜 소리 없이 져주었는지도 안다. 그런데도 내가 목소리를 내어 사과하지 않은 것을 후회한다. 그들이야 눈치로 내 속을 짐작했겠지만 입을 벌려 진심을 토로했어야 옳다. 잘못이었다. 그러는 사이에 고모는 떠나시고, 성이 언니는 지금 요양병원에 가 있다.

사랑하는 사람에게 미안하다는 말, 고맙다는 말이 어려운 말도 아닌데 왜 하지 못했을까. 이제는 그들에게 갚을 수 없더라도 늦었다고 한탄할 일이 아니다. 그 사랑을 가슴에서 배양했다가 다른 사람의 가슴에 옮겨 심어야 한다. 유전하는 큰 사랑이 되도록 이제는 내가 다른 사람들을 이해하고 용서하고 앞세울 차례다.

우리 동네,
이웃집

이웃이라는 말은 이른 봄 양지처럼 포근하다. 나는 절해의 고도에서 혼자 살던 사람처럼, 저문 산길을 홀로 걷다가 멀리서 반짝이는 불빛을 발견한 사람처럼, 이웃이라는 말을 반긴다.

내 몸에 걸쳤던 육중한 방패, 거추장스러운 갑옷을 이웃 앞에서는 벗고 싶다. 나는 이웃이라는 축복, 이웃이라는 그늘, 이웃이라는 은혜에 감사한다.

아파트로 이사 오기 전 우리는 성산동 200번지에서 살았다. 골목 어귀의 페인트 가게와 무용연구소와 쌀가게와 제과점의 아주머니들. '안녕하세요?' 주고받는 인사는 짧아도 마음은 따뜻했다.

조광철공소 아저씨는 언제나 취중이었다. 해마다 조금씩 늙어 가지만 살림은 좀처럼 펴지지 않았다. 그가 며칠 전 우리 대문을 고치러 왔을 때도 술 좀 줄이라는 말을 하고 싶었다.

"아저씨, 옛날보다 살림이 훨씬 나아지신 것 같아요."

"나아져요? 갈수록 빚만 늘어 갑니다."

그는 왜 술을 마시나. 무엇이 그를 날마다 술 마시게 하나. 나는 철공소 앞 용접기구로 어수선한 길을 지날 때마다 그걸 생각한다.

나는 보일러 가게의 삼 형제를 좋아한다. 우리가 이 동네로 이사했을 때 그들은 모두 총각이었는데, 지금은 다 결혼했고 아이들도 유치원에 다닌다. 정직과 근면이 그들이 지닌 재산이며 힘일 것이다.

우리 뒷집인 철진이네 집. 우리 아들이 철진이와 친한 것처럼 나는 철진이 엄마와 친하다. 철진이 엄마는 내게 생활의 지혜를 가르쳐 준다. 꽃나무 꺾꽂이를 하는 법, 코바늘로 예쁜 무늬를 뜨는 법, 크래커 맛있게 구워 내는 법을 나는 철진이 엄마한테서 배웠다.

대영약국은 동창생 영란이가 경영하였다. 영란이는 나보다 훨씬 먼저 성산동에서 존경받는 약사로 자리 잡고 있었다.

"어머나, 이게 누구야? 우리 20년 만이네."

"영란아! 한 동네 살아서 참 좋다."

성산동에 살면서 늘 든든했던 것은 영란이가 이웃에 살기 때문이었다. 가족들이 배탈이 나도 감기에 걸려도 나는 걱정이 없었다. 우리 동네 이웃집 영란이는 내 해결사였다.

커피가 있는 분위기

커피를 들고 방으로 들어왔다. 일회용으로 포장된 인스턴트커피가 아니고 알커피를 갈아서 향기까지 조심조심 함께 데리고 왔다. 그러나 몇 모금 마신 후 깜빡 잊고 다른 일에 빠졌었다. 이제야 마시려니 다 식어서 바라던 그 맛이 아니다.

"당신은 커피를 별로 좋아하지 않는 사람이야."

오래전에 남편이 했던 말인데, 가끔 생각이 난다. 잊히지 않고 생각난다는 것은 그 말이 맞는 말일 수도 있기 때문일까. 나는 그날 펄쩍 뛰었었다. 아니라고, 커피를 좋아한다고, 마치 커피를 싫어하는 것은 문화를 싫어한다는 말이라도 되는 듯 열을 냈었다.

차분히 생각해 보면 나는 커피를 좋아한다기보다 커피가 있는 분위기를 좋아하는지도 모르겠다. 친구들이 있고 친구들의 이야기가 있고 우정이 흐르는 공간, 간간이 웃음소리가 들리고 쓸데없는 이야기가 흉이 되지 않는 곳. 지나간 시간의 여운이 남아 있고 지금 숨 쉬는 오늘의 분망이 잠시 숨을 고를 수 있는 공간. 나는 그것들을 좋아할 뿐, 잔에 채워진 액체는 멋으로 두고 있는지도 모르겠다.

커피 한 잔을 들고 책상 앞에 앉으면 수만 갈래로 흩어졌던 생각들이 주제를 따라 풀릴 것처럼 가슴이 뛰곤 한다. 내게 커피란 맛이 아니라 정신적 여유, 그것이 상징하는 쾌락과 자유다.

"커피를 별로 좋아하지 않는 것 같아"라는 말에 펄쩍 뛰었던 것은 그 명상과 자유를 빼앗기고 싶지 않아서였을까. 그러나 좋아한다면서도 식을 때까지 잊어버린 건, 커피에 대한 예의가 아니었다.

그래도 카페의 커피는 착실히 마신다. 비싼 커피를 시키더니 그대로 남겨 놓거나 버리게 하는 것은 우스운 꼴로 보일까 봐, 나는 성실성과 책임감을 발휘하고 싶었던 것일까. 나는 오늘 카페가 아닌 집인데도 다 식어 버린 커피를 버리지 않고 마셨다.

겨우 스무 날쯤 남아 있는 올해의 막바지. 말이 스무 날이지 이것저것 제하고 나면 남은 날도 며칠 없는데, 커피를 마시면서 잃어버린 시간을 돌아다보고 싶었는데 지난날은 지난날, 커피는 커피대로 흘러가 버렸다. 여의롭지 않았던 한 해처럼 따로따로.

축하해,
정말 기뻐

남의 궂은일에 위로하기는 쉬워도 경사에 축하하기는 어렵다는 말이 있다. 님의 불행한 처지를 위로할 때는 '아, 나는 다행이다' 속으로 은근히 자기의 행복을 확인하고 즐긴다는 것이다.

그러나 남의 경사를 축하할 때는 입으로는 축하의 언사를 늘어놓으면서도 내심으로는 '이 사람은 이렇게 성공하고 있는데 나는 도대체 뭔가? 바보같이 그동안 뭘 하고 있었단 말인가?' 스스로 한탄하고 절망하고, 질투심과 시샘으로 괴로워할 수도 있다는 것이다.

엊그제 Y시인의 출판기념회가 있었는데, 모 문학단체 회장의 축사는 참 희한하였다. 그것은 결코 축하의 말이나 격려의 말이 아니었다. Y시인에게 주는 몇 가지 구체적인 충고가 담긴 말이었다. 하객으로 참석한 내가 듣기에도 몹시 불편하고 거북하였다.

저녁 식사 시간에 사람들은 여기저기서 그 축사가 아닌 충고에 대해서 수군거렸지만, 아무도 Y시인을 나쁘게 말하는 사람은 없었다. 문학단체 회장이 이만저만 실수를 한 것이 아니라는 데에 의견이 일치하는 분위기였다. 그 사람이 Y시인과 사이가 별로 좋지 않다는 말도 들렸다. 그래도 그렇지, 어찌 그럴 수가 있는가?

공공의 자리에서 사사로운 감정을 내놓는 것은 세련되지 못한 일이며 유치하고 무례한 짓이다. 남을 축하하는 마음에는 온기가 있고 여유가 있어야 한다. 어떤 때는 축하받는 사람보다 축하하는 사람이 오히려 광채가 나기도 한다. 그것은 진정한 축하일 때, 내 일처럼 기뻐할 때, 아무런 조건 없이 격려할 때라야 그렇다.

우리는 곧잘 "축하해, 한턱 내!"라고 말하지만, 그 말에는 네게 좋은 일이 있으니 그에 상당한 값을 지불해야 한다는 의미가 들어 있을 뿐, 진정한 축하의 뜻은 담겨 있지 않다.

"야, 너 보통 아니구나, 넌 좋겠다"라는 말도 그렇다. 그때까지 알지 못했던 상대방의 능력에 놀라고 부러워하는 말이지, 축하의 말은 아니다.

"정말 기뻐. 내가 오늘 점심이라도 사고 싶어."

적어도 이쯤은 되어야 축하라고 할 수 있을 것이다.

엄살 좀
부려 봐

왼쪽 팔에 화상을 입었다. 빙어를 튀기려고 하는데 끓던 기름이 갑자기 튀어 올랐다. 빙어는 냉동실에 있던 걸 녹인 것인데, 그것이 뜨거운 기름과 만나는 순간 충격이 컸나 보다.

누가 붕대에 감긴 팔을 보고 어쩌다가 다쳤느냐고 물었다.

"요리하다가 데었어요."

대답하면서 나도 좀 어색하긴 했지만, 옆에서 듣고 있던 그가 별로 마음에 들지 않는 듯한 표정을 지었다. 마치 '요리는 무슨 요리'라며 웃고 있는 것 같았다. 자격지심인가?

사실 요리를 늘 하는 사람들은 나처럼 사고를 내지 않을 것이다. 오랜만에 무얼 좀 하는 척하는 사람들이 주로 일을 저지른다.

갑자기 끓는 기름이 맨살 위로 튀어 오르자 칼로 베는 것처럼 아팠다. 흐르는 냉수에 빨리 씻고 냉찜질을 해야 한다는데, 냉수에 씻는 둥 마는 둥 하고 바셀린 연고를 발랐다. 하던 일은 계속해야 하고 이미 저녁은 저물어 있었다.

나는 엄살을 부릴 줄 모르고 참는 데에만 길들어 있다. 그리고 여간해서는 소리를 지르지 않는다.

"데었어요." 약을 바르면서 간단히 말했지만, 데는 것도 정도가 있는 것이다. 그는 '조금 데었나 보다' 가볍게 생각했는지, 이튿날 온통 수포로 부어오른 내 팔을 보더니 놀라는 눈치였다.

"어제 말했잖아요. 끓는 기름에 데었다고. 내가 아프다고 할 정도면 그건 대단히 아픈 것이거든요."

쌓인 불평이라도 퍼붓듯이 힘을 주어 말했다. 그러니 어쩌자는 것인가. 나도 모르겠다. 적당히 엄살을 해야 관심도 기울이고 보호도 할 텐데, 갑자기 하려니 잘 안 된다.

요즘 날마다 병원에 다닌다. 피부과에서는 화상 환자를 아주 위중한 환자로 보는 모양이다. 며칠 다니니까 이제는 부위가 많이 좁아지고 진물이 나던 곳도 끄들끄들 나아가고 있다.

좀 더 오래 아파도 좋은데 금방 가라앉을 건 무어람. 나아가는 화상을 들여다보면서 나는 야릇한 반발을 한다. 뒤늦게 엄살을 부려 보고 싶은가 보다.

삶보다
정직한 죽음

지난 화요일 저녁, 연극 〈염장이 유 씨〉를 관람했다. 기상청에서는 금년 겨울 가장 추운 밤이라고 했지만, 한 달 전에 예매한 것이어서 추위를 무릅쓰고 갔다.

많아도 100명 정도 관람하는 소극장의 모노드라마. 마당극 형식으로 배우와 관객이 일체가 되어 호흡하는 연극인데 1,200여 회, 150만 명의 관람객을 동원했다고 한다.

내가 염하는 것을 가까이서 본 것은 어머니가 돌아가셨을 때다. 염습하는 사람은 시신을 매우 소중히 다루고 죽은 자에 대한 법도와 예절이 산 사람에게보다 더 공손하고 진지하였다.

〈염장이 유 씨〉의 주인공 유 씨는 조상 대대 염장이로 살아가는 집안에서 자랐지만, 그 직업이 자신에게까지 이어지는 것이 싫었다. 부모의 뜻을 거역할 수가 없어서 꼭 3년만 염을 하겠노라고 약속하였는데, 아버지의 염을 자기 손으로 하게 되면서 그대로 염장이로 주저앉고 말았다.

어떻게 죽느냐 하는 것은 어떻게 살았느냐 하는 것을 설명한다.

〈염장이 유 씨〉는 죽음을 통해 삶을 통찰하게 하는 연극이었다. 요즘 내가 쓴 〈살아 있는 사람과 죽은 사람〉이라는 시와 이 연극의 흐름이 비슷하여서 움찔하였다. 하기야 삶과 죽음에 대한 우리의 인식은 거의 같을 것이다.

염장이 유 씨는 여러 죽음을 경험한다. 조폭 우두머리의 죽음도 보고, 돈을 많이 남겨 놓고 죽은 부모의 시신 앞에서 자식들이 얼마만큼 파렴치해지는가도 보았다. 그는 삶이 죽음보다 더 험악하다는 것, 죽음은 삶보다 정직하고 유순하다는 것을 알고 있다.

자식에게는 염을 시키지 않으려고 했으나 가출했던 자식이 여러 해가 지난 후 나타나 자살을 한다. 유 씨는 자식의 주검까지 자기 손으로 염하면서 운명을 탄식한다. 유 씨는 죽음의 한가운데서 삶을 깨닫는다. 그토록 싫어했던 염장이로 평생을 살아가면서 목숨의 아이러니를 한탄하는 유 씨. 그를 보면서 주검의 수습은 곧 삶의 장식이라는 생각이 들었다.

클릭하고 클릭하는 동안

아파트에서는 바로 옆집에 누가 살고 있는지도 모르고 지내는 일이 허다하다. 이웃이 서로 내왕을 하지 않으므로 죽은 후 몇 달이 지나서야 시체를 발견하는 일도 있다.

아파트 이웃 간에 소음으로 인한 다툼이 자주 벌어지는데, 심할 때는 싸우다가 죽이는 일까지도 있다. 위아래층에서 소란스러운 소리를 내면 물론 불편하기야 하다. 이런저런 말이 오가다가 다툴 수도 있다. 그렇지만 아무리 그렇더라도 그게 살인까지 할 일인가?

사람들의 성질이 갈수록 포악해지고 다급해지고 참을성이 없어진다. 사람이 사람의 목숨을 너무 가볍게 생각한다.

남의 목숨만 가볍게 보는 것이 아니라 자기 목숨도 우습게 여겨 걸핏하면 목숨을 끊는다. 성적이 떨어져도 죽고, 부모에게 꾸중을 들어도 죽고, 공연히 우울해서도 죽는다.

기계가 발달하면서 속도가 무섭게 빨라졌다. 컴퓨터 마우스를 한 번 클릭하면 순식간에 해결된다. 눈 깜짝할 사이에 없던 것이 생기기도 하고 있던 것이 없어지기도 한다.

클릭하고, 다시 클릭하는 동안 사람의 심장도 가속이 붙나 보다. 이것 아니면 저것, Yes가 아니면 No, 흑 아니면 백, 아군 아니면 적군, 극단으로 치닫는다.

오래 생각하는 사람은 답답해서 상종하기 싫고, 주저하고 고민하는 사람은 우유부단하다고 한다. 화끈하게 쏘고, 통 크게 저지르고, 기분 내키는 대로 행동하는 것을 멋이라고 한다.

옛날에는 생각을 깊이 하지 않고 행동을 앞세우는 사람을 경솔하고 방정맞다고 했다. 우리 국민, 아니 인류는 짧은 시간에 참으로 많이 변했다. 갑자기 변한 만큼 기초가 탄탄하지 않아서 한 가족의 사고방식에도 서로 이해하기 어렵고 극복하기 곤란한 매듭도 생겼다. 정신없이 빨리 달려온 길 위에서 생겨난 거리다.

빠른 것만이 능사는 아니다. 이제는 내부 수리를 하듯 우리 정신 속 허술한 구멍들을 메워야 할 것이다.

부자는 근심도 많다

앞산이 가까워졌다. 밀가루 반죽이 이스트에 부풀듯이 산이 부풀었다고 표현한 시인도 있다. 잎이 피고 기지가 해마다 자라면서 산의 부피가 늘어나기도 할 것이다. 겨울이면 잠시 움츠러들었다가 여름마다 커지는 산. 차를 타고 지나다 보면 그 산 여기저기에 새로 뚫린 길들이 많다.

산을 깎아서 굴을 파고 논을 닦아 길을 만들어 몇 년 만에 찾아가면 아주 낯설다. 산천은 의구하되 인걸은 간데없다는 말은 옛말이고, 인걸도 산천도 간 곳이 없어진 것이다.

사람의 수명이 120을 바라본다고도 하고, 줄기세포를 잘 응용하면 어려운 병도 고칠 수 있다고 하니, 앞으로는 병들어 죽는 사람도 많이 줄어들 것인가. 옛날에 죽은 사람들만 불쌍하다는 말은 공연한 말이 아니다.

그러나 그런 말들이 별로 기쁘고 신나는 소식으로 들리지 않는다. 우리는 지금 장수하는 사람들을 관리하고 뒷받침할 만한 사회적·경제적 준비가 되어 있지 않다. 더구나 낮은 출산으로 인구는 줄고 적게 낳아 잘 기르자는 슬로건 아래 귀하게 기른 자식들은 저항력도 투지력도 없다.

무작정 노인 인구만 많아지면 젊은이들의 절대 수가 부족한 나라에서 어떻게 복지를 담당한단 말인가.

나이가 들어도 무엇인가 생산적인 일을 하면 좋을 텐데, 젊은 사람들도 백수가 되어 빈둥거리는 판에 노인들에게 일자리가 돌아갈 리 없다. 20년 전 P교수가 하던 말이 생각난다.

"선진국 되면 골치 아파요. 실업자가 많아지고 퇴폐산업이 융성하거든요. 실업수당 나오니까 구태여 일을 할 필요가 없다고 생각할 것이고, 걱정 근심 없으니까 마약이나 하면서 타락합니다."

우리는 수십 년 동안 '개발도상국'이라는 이름으로 불리면서 실업자는 많아지고, 마약 중독자는 급증했으며, 퇴폐 풍조도 심해지고, 자살하는 사람도 절대 빈곤의 시절보다 많아졌다. 부자가 되면 걱정 근심 없을 줄 알았는데 더 큰 걱정이 도사리고 있다.

그래도 어설프게 개발도상국에 머무는 것보다 선진국이 되는 게 나을까? 먹을 것이 없어도 잘산다는 소문이라도 나면 좋을까?

이미지 관리

믿지 못할지 모르지만 나는 한때 연극에 미쳤었다. 관람하는 일에 미친 게 아니라, 직접 무대에 서는 일에 미쳤었다. 초등학교 때 연극의 주인공이 되어 본 후로 무대가 좋아졌다.

학교 예술제가 있으면 연극 각본을 내가 고르고, 배역을 정하고, 사정이 급하면 연출도 맡아서 했다. 아무도 시키지 않았는데 내가 스스로 하고 싶었다.

배역을 정할 때면 누구나 악역을 하려고 하지 않아서 애를 먹었다. 모두 자기 이미지 관리, 아니 이미지를 창출하고 육성하는 데에만 신경을 썼다. 모두 콩쥐가 되려고 했으며, 춘향이가 되려고 했다. 불쌍해도 심청이가 되고, 가난해도 흥부가 되려고 했다.

팥쥐나 변학도나 뺑덕어미나 놀부가 되려고 하는 사람은 없었다. 아예 그 인물이 되어 버리기라도 하는 것처럼, 그것이 연극이 아니라 실제 상황인 것처럼 기를 쓰고 고개를 흔들었다.

시간은 지나가고 연극은 해야 하고 악역을 맡을 사람이 없을 때는, 이것저것 가릴 것 없이 앞에 나서서 진행하는 내가 맡아야 했다.

연극이 끝나고 나면 의지할 데가 없었다. 나는 이미 공공의 적이 되어 있었다. 내가 연극 속의 악역을 충분히 잘 해내면 잘 해낼수록 관객의 뇌리에는 내가 형편없이 나쁜 이미지의 현실 속 인물로 각인되어 있었던 것이다.

지금도 악역을 맡지 않으면 안 될 때가 있다. 그것은 한 집안에서도 그렇고 단체에서도 그렇다. 전혀 내키지 않지만 억지로 다른 사람에게 떠맡기는 것보다는 낫기 때문에 어쩔 수 없이 내가 그 역할을 떠맡는다.

그러나 현실에서는 연극 무대에서와 사뭇 다르다. 상황의 전환에도 보탬이 되지 않고 나만 여지없이 무너져 버리고 만다. 열 번 생각한 끝에 희생을 각오하고 감당한 악역, 제대로 돌아가는 일도 없이 외롭기만 하고 기운이 빠진다. 허망하고 허탈하다. 나도 이제는 이미지 관리를 해야겠는데, 적절한 배역이 제대로 할당되지도 않는다.

콤플렉스가 나를 비참하게 한다

다른 차가 자기 차를 추월하면 도저히 참지 못하는 사람이 있다. 노골적으로 불쾌감을 표현하면서 평소의 그라고는 생각하기 어려울 만큼 상스러운 욕을 퍼붓기도 한다. 특히 그 차가 자기 차보다 월등히 비싸거나 성능이 좋다는 걸 알면 더 견디지 못한다.

'절대로 지지 않겠다'는 마음을 꼭 나쁘다고 할 수는 없다. 그것은 크게 발전할 동력을 가진 말이니 격려해도 되겠지. 그는 지지 않으려는 목표로 전력투구하여 적극적인 자세로 살아갈 것이다.

그러나 반드시 그 사람보다 출세해야 하고, 그 사람보다 예뻐야 하고, 그 사람보다 잘살아야 한다는 목표를 세우고 바장인다면, 그것은 비천한 열등감에 불과하다.

왜 꼭 '그 사람'인가? 왜 꼭 '그 사람'을 이겨야겠다고 생각하는가? '그 사람'이 그만큼 만만하거나 수월하기 때문인가? 아니다. 언젠가 그에게 몹시 망가진 적이 있거나 자존심을 상하고 망신당한 적이 있을 것이다.

열등감. 그것은 스스로를 비참하게 하고 왜소하게 한다.

엘리베이터 안에서 눈이 마주치면 미소를 짓는 아이도 있지만, 얼굴을 홱 돌리거나 불쾌한 표정을 짓는 아이도 있다. 똑같은 시선으로 바라봤는데도 미소를 짓는다면, 그 아이에게는 미소를 지으며 사랑을 주는 사람이 많았다는 증거다.

똑같은 시선인데도 '왜 째려봐? 유감 있어?' 대들 듯이 반응한다면 평소에 그를 째려보는 사람이 많았다는 증거다. 자기도 제 소행을 알기 때문에 남들이 미워하리라 생각하면서, 친절도 친절로 바라볼 수 없을 것이다.

누구에게나 열등감은 있다. 나폴레옹도 작은 키 때문에 열등감에 시달렸다고 한다. 그러나 그걸 극복했기 때문에 세계적인 영웅이 되었다. 열등감은 사실을 왜곡하여 극심한 오해를 낳기도 하고, 심해지면 끝없는 나락으로 떨어지게도 한다.

쉽게 극복할 수 없는 게 열등감이다. 극복할 수 있다면 그는 이미 우월한 사람이 되어 있을 것이다.

쉬운 시와
어려운 시

갑자기 시가 무엇인지, 지금까지 내가 그 많은 시를 어떻게 써 왔는지, 의심스러울 때가 있다. 남의 시는 곧잘 비평도 하고 수정까지 해 주면서, 왜 내 시를 쓰려면 갑자기 망망대해가 가로막힌 것처럼 아득할까?

욕심 때문일 것이다. 남의 글은 부담 없이 편안하게 읽어도 자기 시를 읽을 때는 부당한 욕심이 발동하는 것이다. 남들에게는 천성으로 써라, 꾸미지 말고 자연스럽게 써라, 제법 충고도 하고 지도도 하지만, 막상 자기 시를 쓸 때는 어떻게 하면 더 좋은 시가 될까 궁리에 빠진다. 본능적으로 꾸미고 줄이고 늘이기도 하면서 자연스러움이 오히려 유치하지 않을까 망설인다.

글을 쓰다가 마음에 들지 않아서 구겨 버리는 일이 많다. 그러나 절대로 구겨 버리지 말아야 한다. 그 구겨진 것에 진국이 들어 있다. 처음의 느낌, 맨 처음의 발성, 거기에 오래전부터 누적되어 온 진실이 담겨 있다는 말이다.

쉬운 시가 유치한 시처럼 홀대받는 시대. 아무리 읽어도 알 수 없으면 시가 나쁜 것이 아니라, 내가 무식한 것처럼 생각되는 시대. 이 과도기적인 병폐의 징후를 뛰어넘어야 한다.

너도 모르고 나도 모르는 시는 수수께끼 아니면 암호에 불과하니 공연히 매달리지 말고 돌아서라고, 나는 단호하게 말하곤 한다. 국어국문학을 전공하였고, 대학원 석박사도 국문학으로 취득했다. 그리고 국어국문학과 교수로 시론과 창작론을 강의하다가 정년퇴직하였다. 문단에 등단한 지 반세기가 넘도록 열심히 시를 써 왔다.

그런데도 시를 읽고 도대체 무슨 말인지 알 수 없는 시들이 있다면, 모르는 내가 무식한 것인가? 시는 그토록 고도의 지성이 필요한 것인가? 암호를 풀 듯이 연구해야 하는 시가 좋은 시일까? 그 암호는 풀리지도 않고 풀어도 별 내용이 없을 게 뻔하다.

무슨 말인지 몰라도 고민할 것 없다. 우선 나부터 혈맥이 통하는 시를 쓰기로 했다.

사랑한다는 말

나는 사랑한다는 말을 잘 하지 않는다. 애들을 기르면서도 그랬다. 부모가 자식을 사랑하는 것은 당연한 일인데, 새삼스럽게 입으로 내세울 필요가 있을까 생각했기 때문이다.

옛날에도 하지 않던 말을 요즘 한다는 것은 더 이상했다. 오히려 그 말 뒤에 이어질 색다른 변화를 포장하려는 연막 작전처럼 들릴 것 같았다.

친구의 남편이 갑자기 "나 당신 사랑해"라고 해서 깜짝 놀란 친구가, "당신 갑자기 왜 그래? 미쳤어? 무슨 일 있지?" 했다는 말에 우리는 함께 웃었다. 친구는 남편의 얼굴이 벌겋게 되어서 어쩔 줄 몰라 하는 걸 보면 무슨 일을 저질렀는지도 모르겠다고 했다.

우리 세대는 '사랑한다'는 말에 익숙하지 않다.

서양 사람들이 아침저녁으로 '아이 러브 유'를 연발하는 것은 그들이 그만큼 감정의 기복이 심하기 때문이라면서, 우리는 그들과 다르다고 주장한다.

한 번 사랑한다고 했으면 당연히 그 말에 상응하는 책임을 져야 할 것이고, 한 번 선포한 말은 만고불변의 선언으로, 등기를 내듯이 혈서를 쓰듯이 천하가 다 인정해야 하는 공언이라면서.

그러나 인심은 조석변이라 사랑한다고 고백한 후에 얼마 되지 않아 갈라서기도 하고, 평생을 사랑하겠노라고 맹세한 후에도 이혼하는 걸 보면 서양이나 우리나 크게 다를 것 없다.

요즘 내 생각이 좀 바뀌어 '고기는 씹어야 맛이고 말은 해야 맛'이라는 걸 알았는데도 아직은 익숙하지가 않다.

가끔 제자들이 "선생님, 사랑해요" 하면 나는 움찔 놀란다. 물론 그 말이 고맙고 놀랍고 감격스럽기는 하지만, 그 순수한 '사랑'을 내가 어떤 자세로 받아야 하는가? 아무렇지 않게 편안한 마음으로 받아도 되는가? 당황스럽기도 하고, 그 진한 말에 상응하는 말을 찾느라 허둥대는 것이다. "나도!" 하면 너무 싱겁고, "나도 너를 사랑해" 하면 뒷북을 치는 것처럼 들릴 것 같다.

딸이 가끔 "엄마, 사랑해요" 하고 카톡을 보내면 나는 좋으면서도 멋쩍어서 겨우 따라 하는 시늉을 보이곤 한다.

내가 먼저 "사랑해"라고 말해야겠는데 잘 되지 않는다. 사랑한다는 말은 옛날이나 지금이나 자꾸 연습해야 하나 보다.

사사롭고 수수한

창밖에 늘어선 나무들의 색깔이 많이 변했다. '가을', '가을' 하면서 기까이 오고 있는 가을. 뜰 앞의 나무들이 날마다 달라진다.

무감동, 무감각한 것을 일러 '목석木石같다'고 하는데, 그 말을 함부로 쓰지 말아야겠다. 돌은 몰라도 나무는 감동의 선두이며 감각의 원천이다.

가을이 가득 찼다. 해야 할 일로 가득 차고, 생각할 일로 가득 찼다. 가고 싶은 곳으로 가득 차고, 가야 할 곳으로 가득 찼다. 사방에서 나팔을 부는 행사들의 목록이 날짜마다 붐빈다.

오라고 하는 곳마다 참석하다가는 내가 없어져 버릴 것이다. 나는 없어지고 멀미 나는 거리와 쏟아지는 함성과 믿을 수 없는 소문만 왁자지껄할 것이다. 돌아오는 길에 나는 쓸쓸할 것이다. 나는 나를 의심하면서 나를 찾고 싶을 것이다.

가을에는 좌정하고 안부를 물어야 한다. 어느새 시간이 이렇게 깊었다고, 시시하게 살고 있어 염치없다고, 아침 보내고 저녁을 맞이하고 그날이 그날이라 허무하다고.

갈매색으로 시퍼렇게 뻗쳐오르던 담쟁이넝쿨이 이제는 시나브로 풀기를 죽이고 익은 듯이 벌겋게 상기되어 있다. 최종 목적지에 다다른 마라톤 선수처럼 그는 최선을 다하고 땀을 닦고 있는 것이다. 잘했어, 수고했어, 장하다, 나는 숙연하게 그 곁을 지난다.

지금 내가 향하고 있는 곳은 어디인가? 무엇을 좇고 있는가? 과연 그럴 만한 가치가 있는 일인가? 삼라만상이 제각기 제때에 맞추느라 서두르고 있는 것 같다.

지금은 가을날 새벽. 창문을 열고 심호흡을 한다. 나는 이 가을을 영롱한 언어로 채우고 싶다. 하루에 한 사람씩 오래된 이름을 불러서 그동안 미뤄 두었던 말을 전하고 싶다. 그리 대단할 것도 없고 놀랍지도 않은 그저 사사롭고 수수한 다반사, 저녁 산책을 나온 사람처럼 천천히 거닐 것이다.

용건을 늘어놓는 편지는 편지가 아니다. 고지서거나 청탁서겠지. 아무 부탁도 없고 아무 바람도 없는, 비둘기의 부리에 물린 감남나무 잎사귀 같은 편지. 아무런 이유가 없는 사연으로 가을을 채우고 싶다.

율포

栗浦

율포에 갔었다. 해가 거의 져서 바다에는 노을도 잦아지고 검은 피도만 출렁거렸다. 예정보다 한 시긴 빈이나 늦게 도착하여 노을 고운 시간을 놓친 것이다. 시인협회 집행부에서 굳이 율포 바닷가를 선택한 것은 노을을 보자는 심산이었을 것인데도.

그가 율포에서 만나자고 했었다. 버스를 타지 말고 기차를 타라고 했다. 보성역에 내렸더니 그가 기다리고 있었다. 아침에 새로 다려 입었는지 와이셔츠에서 쌀풀 냄새가 바닷바람에 솔솔 풍겼다.

나는 취직하여 전주에 있은 지 얼마 되지 않았고, 그는 서울의 어떤 출판사에 근무하면서 대학원에 다니던 시절이었다.

교사가 된 후 첫 여름방학이어서 나는 매우 분주하였다. 바로 그다음 날부터 걸 스카우트 교사 강습이 대천에서 있었다.

우리는 모래밭에 앉아서 오래오래 수평선을 바라보았다. 그는 아직 병역을 마치지 못한 자신의 미래에 대하여 불안해하는 듯했다.

입대와 제대와 취직. 그는 무엇보다도 내 마음을 확실히 믿지 않는 눈치였다. 그러나 나는 아무 걱정도 하지 않았다. 그가 프러포즈했을 때의 그 진실을 진실로 믿으려고 하였다. 세상이라는 것을 몰랐고, 모르는 것이 많았으므로 태평하였다. 나는 바닷가 모래밭에서 다만 율포라는 이름이 참 좋다는 생각을 하고 있었다.

엊그제 시인협회에서 찾아간 율포는 옛날의 그 율포가 아니었다. 전에는 없던 '노래방'과 '러브호텔'과 '24시간 편의점' 같은 것들이 길가에 즐비했다. 그러나 전에 있던 것들은 사라지고 없었다.

우리의 젊음과 패기와 불확실하여 오히려 잡히지 않을 만큼 거대했던 미래. 옛날에 두고 온 어여쁜 얘기들이 꼬막껍데기에 섞이어 하얗게 하얗게 풍화하고 있었다.

성취는 우리를 얼마만큼 충만하게 하는가? 아니, 성취의 끝은 어디까지인가? 그날 우리가 바라던 것은 무엇이었는지 조용히 돌아다보았다.

감나무와 상수리나무

추위를 재촉하는 가을비에 바람까지 분다. 창밖의 나뭇가지가 흔들리는 모습이 보통이 아니다. 나무는 잔가지로부터 굵은 가지까지 컴퍼스로 원을 그리듯이 전후좌우로 몸부림을 친다.

창문 아래 나무들을 내려다보다가 깜짝 놀랐다. 지금까지 뭘 하느라 저걸 감지하지 못했을까. 나무마다 매달고 있는 잎사귀의 색깔이 확연하게 다르다. 저들은 지금 가을의 페스티벌을 벌이느라 최선의 빛을 뿜어내고 있는 중이다.

맑은 빨강과 연노랑을 곁들여 부드럽게 물들고 있는 것은 벚나무일 것이다. 연두색에서 노란색으로 접어들기 시작한 은행나무, 그리고 저쪽 진갈색으로 너풀거리는 것은 플라타너스겠지. 메타세쿼이아는 아직 올리브색으로 남아 있다. 그것은 특별한 색으로 물들 것이다. 그림 시간에 익힌 이름으로는 옐로 오커와 로 엄버의 중간쯤 되는 색깔로.

사람도 나이가 들어가면서 독특한 자기 색깔이 선명해진다. 색깔은 뒷모습으로도 나타나고 걸음걸이로도 나타난다. 음성으로도 나타나고 그가 선택한 언어에도 나타난다.

아무 말도 하지 않고 가만히 앉아 있어도 색깔은 색깔대로 보인다. 그의 마음이 쏠리는 색깔, 마음이 추구하는 색깔일 것이다.

"그 사람 어때요?" 하고 물었을 때 "개성이 강하지"라고 했다면, 너무 거세어서 다가가기 어렵거나 너무 진해서 다른 색깔과 어울리지 못할 때, 주장이 강해서 융합하려 하지 않고 조정하기 만만치 않다는 말이겠지.

개성이란 그만의 고유성, 그만의 그늘, 그만의 뉘앙스, 그만의 광채다. 그러나 홀로 두드러져 우뚝함을 이르는 말은 아니다. 타협하고 조화한다는 것은 일부를 내주고 다른 것을 받아들이는 일. 그래서 너와 나의 새로운 색깔을 창조하는 일이다.

세상에 고유하지 않은 존재가 있을까? 백이면 백이 그의 개성만 주장한다면 세상은 시끄러워지겠지. 그러나 "그 사람? 몰개성이야"보다는 나을까?

벚나무처럼, 네 색깔인 듯 내 색깔인 듯 홀로이면서도 어우러지는 것은 어려운 일일까?

시월 어느 토요일

열무김치를 담갔다. 가을의 열무김치가 맛이 제대로 나는 음식인가, 지금 글을 쓰면서 언뜻 의심된다.

어머니는 점차 연세가 드시면서, "이제는 음식을 해도 제맛이 나지 않는다"고 하셨다.

김치를 담글 때도 색깔을 예민하게 살피시고 아주 청결하게 예술품을 만드는 것처럼 매만지던 어머니.

김장할 때도 어머니는 사람을 절대 부르지 않으셨다. 그들이 시끄럽게 설치면 먼지만 나고 정신도 없고 음식도 제대로 되지 않는다며 혼자서 미리미리 천천히 준비하고 차분하게 하셨다.

그런데 나는 옛날에 전혀 내 손으로 하지 않던 음식을 남들이 그만둘 때에야 시작하고 있다. 10월, 더구나 토요일 오후에 겨우 열무김치나 담그고 있어도 되나 하는 생각이 스쳐 지나갔지만, 나는 고개를 세게 흔들고 열중하기로 했다.

내가 만든 음식은 조금 짠 편이다. 공연히 자꾸 무얼 넣다 보면 분량을 짐작하지 못해서 저지르는 실수다.

오늘은 싱겁게 하리라고 결심했다. 그런데 나중에 맛을 보니 너무 싱거워서 결국은 소금을 찻숟가락으로 두 개 넣었다. 그리고 남들이 좋다고 하는 것은 다 넣었다.

배도 갈아서 넣고 찹쌀죽도 쑤어서 넣고 고추도 빨간 고추 싱싱한 것을 갈아서 넣었다. 소금은 맨 나중에 찻숟가락 두 개 넣은 것 외에는 넣지 않았다. 간은 주로 맑은 액젓으로만 했다.

그리고 유명한 요리사 백종원 씨가 하듯이 설탕도 조금 넣었다. 우리 집에서는 음식에 설탕을 넣었다고 하면 아주 질색을 할 테니까 나만 아는 비밀로 할 것이다.

김장철도 가까워지는데 지금부터 겁이 난다. 작년에 난생처음 김장을 내 손으로 했는데 생각대로 쉽지 않았다. 머릿속에 있던 것과는 사뭇 달랐다. 김장은 일 년 농사와도 같은 것, 잘못하면 일 년을 망친 것이나 같을 것이다.

옛날에는 추수해 들이고 김장해 놓고 장작더미 쌓아 놓으면 아무 걱정도 없었을 것이다. 열무김치의 맛을 지금 몇 번째나 봤는지 모르겠다. 그럭저럭 흉내는 낸 것 같다.

리듬에 실려서

음악의 신 뮤즈Muse는 시詩의 신이기도 하다.

시에서 음악을 제외한다면 습기가 말라서 버스럭거리는 낙엽 같은 글이 될 것이니, 그것을 시라고 하지 못할 것이다. 음악이 리듬을 추구하는 것처럼 시의 근저에는 리듬이 잠복해 있다.

루마니아 출신 비교종교학자 멀치아 엘리아데는, 리듬은 모든 생명체와 우주를 관통하고 있다고 했다. 조수가 주기적으로 밀려왔다가 빠져나가는 것, 해가 뜨고 지는 것, 사계절의 순환, 어린아이가 자라서 소년이 되고 청년이 되었다가 장년과 노년이 되어 가는 과정들, 이 모두를 우주의 리듬이라 했다.

사람의 몸에도 리듬이 있다. 심장에서 뿜어낸 피가 소순환을 하고 대순환을 하는 동안 1분에 60~70번의 맥이 뛰는 일, 음식을 먹으면 위장에서 소화하여 배설하기까지, 1분에 열다섯 번 내지 열여덟 번 호흡하는 일, 이런 것들이 생체 리듬이다.

리듬이 깨지면 돌아가던 모터가 멈추는 것처럼 질서가 무너지고 무너진 질서가 병을 일으키는 것이다. 리듬은 정서를 윤택하게 하고 활력을 준다.

김연아의 스케이팅에 남다른 아름다움이 있는 것은 스케이팅의 마디마디에 리듬을 담고 있기 때문이며, 그 리듬을 제대로 소화하고 연결하기 때문이다. 축구에도 골프에도 테니스에도 리듬이 있다. 운동선수들은 그 리듬을 장악할 줄 알아야 한다. 그것을 제대로 부릴 줄 모르면 1초의 몇십 분의 1의 오차로 흐름이 맥을 잃는다.

노래도 아니고 시가 아니라도 일상의 언어를 음악처럼 발성하는 사람들이 있다. 그의 생활 도처, 동작 하나하나는 신비로운 리듬이 넘칠 것이다.

새해 목표가 무엇이냐고 어디선가 물어서, "새해에는 리듬에 실려서 살아가겠다"고 대답했다. 리듬에 실려서 불꽃이 타오르듯이, 강물이 흐르듯이, 달이 떠오르듯이 살겠노라고. 그렇게 살겠다고 하는 것은 자연스럽고 신명 나게 살겠다는 것이며, 조화롭게 살겠다는 약속이다.

리듬을 깨뜨리고 리듬을 무시하고 역행한다면 아무것도 되는 일이 없을 것이다.

순예

아무렇게나 살지 않으려는 사람은 사람을 가린다.

그런 사람은 까다롭다는 말을 듣기 쉽다.

자신의 신념을 지켜려고 아무하고나 함부로 섞이지 못하는 것이다. 자칫하면 가까이하기 어려운 인상을 줄 수도 있다.

어머니는 사람을 가리는 편이었다. 어머니는 까다롭다는 말도 들었고, 어렵다는 말도 들었다.

아홉 살쯤 되었을 때다. 혼자 집을 보고 있는데 우리 동네 술 가겟집 아이 순예가 애들 몇을 끌고 우리 집 골목 안까지 와서 기웃거렸다. 나 혼자 있으니 들어와도 좋다고 하였다.

그러나 잠시 후 밖에서 돌아오신 어머니의 표정은 좋지 않았다. 어머니는 순예와 가까이 지내는 걸 좋아하지 않았다.

그 아이는 콧소리로 유행가를 구성지게 부르고, 우리가 모르는 놀이도 잘 알고 있었다. 그 애는 아버지와 단둘이 살았는데, 그 애의 아버지는 귀가 어두웠다.

순예가 잘하는 놀이 중에 '대잡기놀이'라는 것이 있었다.

그날 골목에서 기웃거린 것도 우리 집 정원에 있는 가느다란 대나무를 끊어가고 싶어서 그랬는지 모른다.

순예는 아이들에게 눈을 감으라 하고 손에 대나무를 쥐게 하였다. 그리고 잘 알 수 없는 긴 말을 주절주절 주문처럼 외웠다.

그 애는 주문을 외우는 중간중간 대나무를 쥔 애들에게 물었다.

"떨리냐? 떨리지? 마음이 착한 아이는 떨리게 돼!"

그는 자신 있게 말했고, 그러면 대부분의 아이는 손을 떨었다. 어떤 아이는 사뭇 부들부들 떨기도 했다. 그러나 순예가 아무리 주문을 외워도 내 손은 떨리지 않아서 창피했다. '마음이 착한 아이는 떨리게 돼'라고 했는데도 소용없었다.

그는 우리에게 최면을 걸었었다. 최면에 잘 걸리는 사람은 순예의 말대로 순진하고 선량한 사람들일 것이다.

엊그제 선배 하나가 보이스 피싱에 걸렸다. 불편한 다리로 은행까지 걸어가서 자기가 가진 돈을 남의 손에 다 넘기는 데 20분도 걸리지 않았다고 했다. 주문을 외는 대로 손을 충분히 떨었던 것이다.

내 것과 남의 것

중요한 물건을 잘 보관한다고 너무 깊이 넣었다가 필요한 때 찾아도 없는 경우를 아시는지요?

도둑맞지 않으려고 보석을 신발장 안에 넣어 두어도 도둑은 귀신처럼 잘 찾아낸답니다.

그래서 도둑도 찾지 못하게 깊이 두었을 것입니다. 그러나 너무 잘 두어서 나중에는 어디다 두었는지 모르게 된 것입니다. 찾아도 찾아도 나오지 않으면 나중에는 정신이 나간 사람처럼 허둥댑니다. 그렇게 깊이 둔 물건들은 어둠 속에 자기들끼리 유폐되어 빛을 보지 못한 채 잊힐는지도 모르지요.

신용카드를 어디 두었는지 몰라서 다시 발급받았는데, 다시 받은 것도 사흘 후에 또 잃어버려서(사실은 잃어버린 것이 아니라 너무 깊이 두어서) 다시 또 만들어야 한다고, 은행 직원에게 창피해서 어떻게 가느냐고 카드 없이 지내는 사람을 보았습니다.

그것은 길에서 잃어버린 것도 아니고 남이 훔쳐 간 것도 아니고, 자기 집 어디엔가 깊숙이 있을 것이므로 걱정하지 않아도 되겠지요.

요즘은 신용카드를 길에서 주웠더라도 횡재했다고 생각하는 사람이 없을 것입니다. 나쁜 마음을 먹고 함부로 쓰다가는 큰일 나니까요.

일부러 현금을 남의 눈에 빤히 보이는 곳에 놓아두는 사람도 있답니다. 숨어서 누가 가져가는가 살피다가 제 호주머니에 넣는 사람을 보았다 하면 번개처럼 나타나서, 여기 있던 돈 5천만 원(5백만 원인데도 열 배나 불려서) 내놓으라고, 당신이 훔치는 것 내가 사진 찍어 놓았다고 협박한답니다.

내 것이 아닌 것은 나와 상관없습니다. 내 것이 아닌 것은 나와 아무런 친화력도 없습니다. 내 것이 아닌 것을 취하는 것이 도둑질입니다. 그것은 나와 적대적인 관계에 놓인 것입니다. 내 것과 남의 것을 정확하게 구별할 줄 아는 것이 정직입니다.

세상의 그 숱한 물건 중에서 나의 소유로 인연을 맺은 것들은 참으로 사랑스럽고 고마운 물건입니다. 함부로 잃어버리지 마세요.

행복 절대 분량

학기말 시험 결과가 나온 후 한 학생이 환한 얼굴로 다가와, "A학점을 주셔서 감사합니다" 하였다.

"내가 준 것이 아니라 네가 잘해서 받은 것이지."

그런데 며칠 후에 그를 다시 만났을 때 전과는 아주 다른 표정이었다. 저와 가까운 학생이 A+를 받았다는 것이었다. 행복은 비교에서 오는 게 확실하구나.

귀한 물건인데도 너나없이 모두 가지고 있으면 전혀 귀한 줄 모르지만, 아무도 가지지 못한 것을 나만 가지고 있을 때 귀한 보물이 된다. 아무도 내게 해로운 일을 하지 않았는데 공연히 기분이 언짢은 날이 있다.

그러나 곰곰이 생각해 보면 '공연히' 기분 나쁜 건 아니다. 비슷한 연배(가깝게 지내는 사이일수록 더욱)가 승진을 했거나, 신문기사에 크게 취급이 되었거나, 친구의 자식이 성공하였거나 무슨 일이 있기 때문이다.

다른 사람들에게는 좋은 일들이 일어나고 있는데, 나만 그늘에서 썩고 있는가? 내 자식들은 뭘 하고 있는가?

소외감을 느끼고 좌절감을 느끼고 드디어 불행하다고 못을 박는 것이다. 불행이 불행한 것이 아니라, 불행하다고 느끼는 그 감정 자체가 불행이다.

어느 책에서 '고통 절대량'에 대한 글을 읽었다. 누구에게나 균등하게 치르지 않으면 안 되는 고통의 절대 분량이 있다는 것이다. 그 고통을 언제 어떻게 겪느냐가 문제일 뿐, 어떤 형태로든 치르게 되어 있다는 것이다.

고통 절대 분량이 있다면 행복 절대 분량도 있겠지.

언제 오든지 찾아올 행복. 행복이 일찍 찾아왔다고 좋은 것은 아니다. 내 행복의 절대 분량은 개봉도 하지 않은 완전 분량 그대로 어느 날을 위해서 남아 있을 테니까. 행복이 찾아와도 맛있는 음식을 조금씩 음미하듯이 오래오래 음미하려고 할 것이다.

인생의 절정이 언제였느냐고 누가 묻지 않았으면 좋겠다. 그러나 굳이 묻는다면 나는 이렇게 대답하고 싶다.

"절정이요? 아직 오지 않았습니다. 곧 오겠지요."

하루 여행

잠실역 3번 출구 두꺼비상회 앞으로 7시 20분까지 모이라는 문자가 왔다. 잠자리에 들기 전 알람을 새벽 5시 40분으로 맞추었다.

잠실역에서 한참을 걸어서 3번 출구로 나갔더니 거기서 또 그만큼 걸어야 했다. 걷는 거야 싫지 않지만, "내가 지금 옳게 가고 있는가?" 하는 의문이 들었다.

안내자는 좌석 44석 만석임을 자랑스럽게 알렸다. 운전기사와 안내자까지 합하면 46명, 그중에 남성은 운전기사까지 3명이고, 모두 여성이었다. 부부팀이 두 팀, 모녀팀이 한 팀, 그밖에는 8~10명씩 단체를 이루어 왔는데, 중고등학교 혹은 대학교 동창 모임이 대부분이었다.

여행사 홈페이지를 통해서 신청한 여행은 이번이 처음이다. 아이들 다 키워 놓은 오십 대에서 칠십 대까지 비로소 시간의 여유와 자유를 회복한 여성들은 소란하게 떠들지도 않고 자기를 지키면서 가벼운 눈빛으로 인사를 나누었다. '연지당 사람들'도 이런 여행을 한번 했으면 좋겠다는 생각이 들었다.

버스에서 여행객들에게 아침 식사를 제공하였다. 으레 김밥이려니 했는데 찰밥에 김치와 계란말이 한 조각, 그리고 콩나물무침이었다. 깨끗하고 맛도 그만하면 좋았다. 여행 코스는 강원도 두타산의 무릉계곡과 묵호항, 정동진을 둘러보는 길이었다.

묵호항에서는 논골담길이라는 곳으로 안내했는데, 골목길에 벽화를 그려 놓은 곳이었다. 왜 전국 곳곳에 벽화마을이 있는지, 꼭 그래야 할 이유가 무엇인지, 무조건 모방은 이제 그쳐야 한다. 그림의 종류나 수준도 모두 비슷해서 둘러보고 싶지 않았다.

꼭 거기가 아니면 볼 수 없는 것이 거기 있어야 한다. 다른 곳 어디서도 만날 수 없는, 그 지역의 역사와 문화의 특징을 볼 수 있는 곳. 관광객을 끌어들이려면 지역 나름의 연구가 선행되어야 한다.

잠시 일에서 풀려난 홀가분함으로 어디가 어딘지도 모르고 얼싸절싸 몰려다니던 시대는 지나갔다. 해돋이 때만 되면 유난히 시끄러운 정동진을 잠시 둘러보고, 정동진역 기찻길에 서서 아득한 북쪽 철로를 배경으로 사진만 몇 장 찍었다.

제4부

그래도
이만하기 다행입니다

'은사시나무'라고 대답할 거다

오래전에 쓴 〈친구〉라는 시 한 구절에서 이런 말을 했었다.

"친구는 말했다/겨우내 버려둔 먼지 낀 창가에/히아신스가 일찍 피면/진저리치듯 바람에 쓸리자고."

나는 그때 히아신스를 확실히 알지도 못하면서 시어로 차용했었다. 1학년 시 창작 수업시간에 발표했는데, 다행히 히아신스가 어떻게 생긴 꽃이냐고 묻는 사람이 없었다. 히아신스가 중요한 게 아니라 쓸쓸한 겨울날, 우울한 마음이 더 중요했을 것이다.

어느 날 동네 약국에서 색색으로 피어 있는 탐스러운 꽃을 보고 무슨 꽃이냐고 물었더니 히아신스라고 하였다. 그러나 내가 생각하던 것과는 전혀 달랐다. '히아신스'라는 그 소리만으로는 수선화처럼 모양이 가냘프고 여릴 줄 알았는데, 히아신스는 안정감이 있고 튼튼하고 소탈한 모습이었다.

그런데 이상한 것은 그 뒤로 히아신스를 자꾸 보면서, 히아신스는 틀림없이 히아신스처럼 생겼다는 생각을 하게 되었다.

'은사시나무'라는 그 소리만 듣고도 나는 한 나무를 떠올리며 그것이 틀림없이 은사시나무일 것이라고 생각했다.

아, 내 예측이 그대로 맞다니. 그것은 은사시나무였다.

은사시나무는 자작나무와 자주 비교된다. 나무 껍질이 하얗다는 것, 잎사귀 모양이 비슷하다는 것은 닮았지만, 두 나무 이름이 환기하는 청각상 이미지는 다르다.

소년 지바고는 슬픔도 두려움도 느끼기에 벅찼다. 그는 달리는 마차 안에서 다만 운명에 순종하는 마음으로 망연히 자작나무를 바라보았다. 나는 자작나무를 볼 때마다 지바고를 생각한다.

누가 내게 "너는 나무로 치면 무슨 나무냐?" 물으면, "은사시나무입니다"라고 대답하고 싶다.

저녁 햇살 속에서 흔들리는 은사시나무. 나뭇가지 사이로 노을은 하루 중 가장 화려한 광채를 내리붓고 바람에 허옇게 반짝이는 잎사귀. 스스로는 영광을 과시하고 싶지 않아 가지 사이로 빠져나가는 바람이나 전송하고 있는 은사시나무.

나다니엘 호손은 시인을 일러 '이름을 짓는 사람'이라고 하였다. 이름을 지어서 그 사물로 하여금 그 이름이 되게 하는 사람, 그가 시인일 것이다.

돌려서 말하기

"선생님의 원고가 아직 오지 않아서 마감을 하지 못하고 있습니다. 23일까지 부탁합니다. -○○문학"

나 때문에 마감을 늦췄다는 원고 독촉 문자다. 나는 미안하기도 하고, 한편으로는 게으름을 부린 내가 싫기도 했다.

문학 동인은 많다. 그중에서 ○○문학은 어떤 이념을 공통점으로 하여 결성한 시인의 모임인데, 일 년에 한두 번씩 동인지를 발간해 오고 있다.

습작 중인 작품을 뒤져 보았지만 확 마음이 끌리는 게 없었다. 사실 나는 몇 해 전부터 거기서 빠져나올 궁리를 해 오던 터였다. 이 모임 저 모임에서 비슷한 얼굴들을 만나 시간을 보내는 게 현명한 일은 아닌 것 같아서 생각 끝에 총무에게 전화를 했다.

"이번 문집에서는 쉬려고 합니다. 기다리지 말고 그냥 진행하시지요."

그 말을 하고 나니 짐을 내려놓은 것처럼 홀가분했다. 억지로 떠밀리지 않아도 된다고 생각하니, 어떤 작품을 냈을 때보다 훨씬 떳떳한 기분이었다.

그러나 나는 왜 정직하게 '탈퇴하려고 합니다' 말하지 못하고, '이번 문집에서는 쉬려고 합니다'라고 했을까? 한 자락 깔고 있다가 눈치 보아서 계속할 속셈이었는가?

면전에서 탈퇴 운운하는 것은 거칠게 들릴 수도 있고 배신처럼 들릴 수도 있어서 돌려 말했을 것이다.

그러나 내게 연락을 한 총무는 아주 부드러운 어조로, "그러세요? 선생님의 작품이 있어야 힘이 나는데 섭섭합니다. 다음번에는 꼭 참여해 주십시오"라고 하였다.

전화를 끊고 나서 나는 총무가 말을 참 잘하는구나 싶었다.

"예, 이번에 빠지시겠다고요? 알겠습니다." 사무적으로 처리했다면 나는 내 뜻대로 빠지면서도 기분이 나빴을 것이다.

나는 참 변덕스럽게도 '그냥 적당한 것으로 골라서 보낼까? 어떻게 할까?' 잠시 망설이고 있다.

세월

장도순이가 영국에서 왔다.

도순이는 내 제자이기도 하지만 남편의 제자이기도 하다.

전주에서 서울로 전근하면서 공립학교로 옮겼는데, 시험을 치르고 처음 발령을 받은 곳이 남자 중학교였다. 거기서 3년여 근무하는 동안 도순이를 만났다.

도순이는 당시 중학교 2학년이었는데 국어를 매우 재미있어했다. 그가 고등학생이 된 후에는 남편이 그에게 국어를 가르쳤다. 그러니까 도순이의 국어 실력 여부는 우리 책임일 것이다.

도순이를 우리 동네 한식당에서 만났는데, 그는 맨바닥에 조아리고 큰절을 하였다. 머리카락이 허옇게 세어 있었다.

"선생님, 제가 버릇이 없어서 머리카락이 이렇게 되었습니다. 죄송합니다."

도순이는 머리를 긁적이었다. 벌써 40년 세월이 흘렀으니 그럴 만도 하지만, 말투도 미소도 어릴 때 귀여운 소년 그대로였다.

도순이는 남매를 두었는데, 딸은 미국에서 국제변호사로 일하고 아들은 경영학을 전공한 후에 MBA 과정을 밟고 있다고 한다.

그는 국어 실력에 자신감과 자부심을 가지고 있었다. 다행이었다. 특히 남편의 대학 입학시험 대비 프로그램을 기억하고 있었다.

"선생님은 한국 단편소설 전집을 의무적으로 읽게 하셨고, 매주 신문 사설을 두 편 이상 요약해 오라고 하셨어요."

교육은 20년 이상 기다려야 알 수 있는 나무와도 같다.

함께 공부하던 동급생 중 자살한 친구도 있고, 아주 뛰어나던 친구는 지금 의과대학 교수로 있는데, 어제저녁에 만나서 술을 진탕 마셨다고 한다. 아련하게 그리운 날들, 영특한 소년의 얼굴들이 하나하나 떠올랐다.

그는 IMF 때 영국으로 가서 지금까지 눌러산다는데, 아직도 한국 국적을 가지고 있어서 언제든 다시 돌아올 수 있다고 했다.

"선생님, 제가 영국에 살 때 꼭 한 번 오십시오. 애들이 모두 떠나 방이 비었어요. 제가 어떤 가이드보다도 잘 안내하겠습니다."

우리는 서로 전화번호와 메일 주소를 적고 아쉽게 헤어졌다.

세계 여행, 가고 싶은 곳이 많은데 한 군데가 더 늘었다.

관계와 관계

라디오 뉴스는 아침 일찍 산에 오르던 사람이 살해되었다는 소식을 전했다. 죽은 사람은 육십 대 초반의 여자, 칼로 여러 군데 찔렸으며, 죽인 사람은 전날 밤을 산에서 지낸 전과자라고 했다.

그는 누구든 맨 처음 만나는 사람을 죽이기로 마음을 먹었다나 어쨌다나. 아무런 관계도 없는 사람이 아무런 이유도 없이 모르는 사람에게 당한 것이다.

사귀다가 그만 헤어지자고 말하면 죽이기도 하고, 같은 아파트 위아래층에 살면서 시끄러운 소리를 낸다고 다투다가 죽이기도 한다. 왜 이렇게 포악해지고 잔인해지고 참을성이 없어졌을까? 우리 아파트 엘리베이터에도 이런 경고문이 붙어 있다.

층간 소음을 내지 않도록 주의합시다.

1) 가구 옮기는 소리 2) 아이들이 뛰노는 소리

3) TV 소리, 피아노 소리, 기타 악기 소리

4) 싸우고 떠드는 소리 5) 그외 시끄러운 소리

관리사무실에서 어쩔 수 없이 써서 붙인 것이겠지만 점점 살기가 어려워진다. 날마다 책상과 의자를 끌고 당기면서 산다. 아이들은 뛰고 떠들면서 큰다. TV를 켜고 피아노도 치고 싸우기도 하면서 지낸다.

전에 살던 아파트 위층에 성악과를 지망하는 고3 학생이 있었다. 그 애는 날마다 발성 연습을 하였다. 그 애 어머니는 나를 만나기만 하면 "죄송해요"라고 하였다. 그러나 못 견딜 만큼 크게 들리는 것도 아니고, 노래를 부르는 소리라서 들을 만했다. 학생이 성악과에 합격한 후 어머니가 떡을 돌리면서 "모두 덕분입니다" 하였다.

사람과 사람의 관계.

아파트에 살면서 사람의 관계가 아주 멀어지기도 하고 끊어지기도 한다. 사람들 하나하나가 모래알처럼 뒹굴면서 벽을 쌓는 것이다. 일이 제대로 풀리지 않으면 남 때문이고, 그래서 모두 적으로 보인다면 지옥과 다를 바 없는 살벌한 세상이 된 것이다. 그런데 그 속도가 점점 빨라지고 있다.

‘지금’ 그리고 ‘여기’

“하필이면 하고많은 장소 중에서 왜 우리 동네인가?”

“하필이년 왜 오늘인가?”

“선생님은 왜 하필이면 나를 지목할까?”

우리가 ‘하필이면’이라는 말을 덧붙여 사용할 때는 상황이 부정적인 상태에 있다.

‘우리 동네’인 것이 마땅치 않고, ‘오늘’인 것이 적절하지 않으며, ‘나’인 것이 불만인 것이다. 예를 들어 좋은 일이 있을 때,

“하필이면 왜 내가 복권에 당첨되었는가?”

“그는 왜 하필 나를 사랑하는가?”라고 하지 않는다.

내가 복권에 당첨된 것은 내 복이고 운이며, 내가 그의 사랑을 받는 것은 지극히 당연하다고 생각한다.

우리는 모두 자기중심적이며 자기 본위다. 다른 사람들이야 어찌 되든 나는 그 불운의 자리에 끼지 않아야 하고, 내가 살고 있는 지금 이 시간이나 장소는 어떤 재해와도 무관해야 한다는 것이다.

나는 응당 선별되어야 하고 행복해야 하고 보호받아야 한다는 생각. 모든 사람이 다 그렇게 생각하기 때문에 좋지 않은 일을 당하면 '하필이면'이라고 하는 것이다.

우리는 몇백만, 아니 몇천만 분의 일의 가능성으로 '지금', '여기'에 있다. 어느 경우를 만나든지 '하필이면'이라고 말하지 말아야 한다. 그렇게 말하는 것은 수많은 곡절 끝에 우리 앞에 당도한, 곡절이 있는 그 시간과 그 공간을 너무 가볍게 처리하고 우습게 해석하는 일이다.

우연히 어쩌다가 이 자리에 아무런 까닭 없이 있는 것은 없다. 사람을 만나는 것이든 일을 만나는 것이든, 그 원천과 뿌리와 동기가 있는 것이다.

우리가 여기 마주 앉게 된 것은 당연한 일이 아니다. 아무리 큰 행복도 당연하다고 생각하는 순간, 시시한 무게로 허물어진다. 그렇게 되도록 주재하는 힘과 염려해 준 사람들과 응원해 준 시대와 나라가 있었다. 지금, 여기서 만난 우리를 축하해도 좋다.

부러운 유대인

뉴욕에서 온 김 시인에게서 유대인 소년들의 성인식(할례)에 관한 얘기를 들었다. 원래는 외국인, 특히 여성은 입장할 수 없는데 김 시인 부부는 특별한 관련으로 성인식에 초대를 받았다고 한다.

모두 검은 예복을 입고 모자를 쓰고 경건한 분위기 속에서 식이 거행되었고, 그동안 아래층에서는 여성들이 음식 준비를 하고 있더란다.

만 13세 소년이 바야흐로 남성으로 인정되는 성인식.

성인식 과정에 유대인 커뮤니티에서는 그 소년의 재능과 성적과 취미와 가능성에 맞추어, 어느 단체에서는 소년의 장래에 무엇을 맡아 책임지고, 어떤 협회에서는 얼마를 기부하고, 무엇으로 후원할 것인가를 약속하더라는 것이다.

소년이 태어난 가정의 형편이 아무리 빈곤할지라도 그러한 조건과는 무관하게, 그가 성공할 때까지 배우고 익히고 훈련할 수 있도록 구체적으로 도울 것을 약속하는데, 그 예식의 절차와 과정이 매우 엄숙하고 경건하여 감동했다고 한다.

수천 년간 나라를 잃고 떠돌이로 지내던 유대 민족, 나치 독일의 탄압으로 가스실에서 죽은 유대인들만 600만 명이 넘는 참혹한 억압 속에서도 일어선 그들. 그들이 지금 세계의 중심에 서 있는 것은 어제오늘의 결과가 아니다. 무서운 교육열로 민족이 똘똘 뭉쳐서 먼 장래를 내다보고 투자한 결과다.

신약을 인정하지 않으므로 성탄절도 없고 부활절도 없는 유대인, 그러나 유대인 학생, 유대인 교수가 많은 대학에서는 유대의 명절을 공휴일로 지킬 수밖에 없다고 한다.

그들은 유대인 중에서도 우수한 인재가 아니면 입학할 수 없는 좋은 대학을 세우고, 거기서 영재 중의 영재를 길러낸다고 한다.

노벨상 수상자의 3분의 1이 유대인이라는 것, 뉴욕 월가의 주인이 유대인이라는 것은 새삼스러운 일도 놀랄 일도 아니다. 본받아야 할 대단한 민족, 무서운 민족이다.

우리도 그런 점을 배워야 하는데, 몇십 명 되지 않는 재미 문인들도 제대로 단결을 못하는 현실이 부끄럽고 답답하다고 했다.

11월,
그 절제된 위엄

11월을 사람에 비유한다면 이제 반백을 넘긴 중후한 나이라고 할까. 승부는 판가름이 나고 잘잘못을 따져서 누구에게 책임을 전가할 계제는 아니다. 그것이 설령 자신의 탓이라고 해도 새삼스레 위축되거나 눈치를 보는 낯빛을 짓지 않아도 된다.

11월 거리에는 을씨년스러운 바람이 흩어졌던 낙엽을 한쪽 모퉁이로 쓸어 모으고, 이미 입성한 겨울의 그림자가 암울한 음악처럼 가슴을 후비기도 한다. 그러나 11월은 자신의 무게를 가누고 도저하게 좌정한다.

여름내 양육한 열매들 몇 개씩은 하늘에 배경처럼 남고, 오랜 연륜에서 풍기는 품격의 아름다움이 가을 단풍처럼 찬연한 달이다. 나는 11월을 사랑하는 그만큼 노년의 아름다움을 사랑한다. 그러나 노년이 무작정 존경스럽고 아름다운 것은 아니다.

11월은 방향으로 치면 서북간이며, 시간으로 치면 저녁별이 하나씩 돋아 나와 눈짓하는 시간, 아침나절 집을 떠났던 사람들이 귀가하여 식탁에 둘러앉아 비로소 하루 중 가장 느긋한 마음으로 마주 앉는 시간이다.

나는 엉뚱하게도 계절과 색깔과 방향과 나이를 연결하는 버릇이 있다. 시간을 리듬으로 파악하고 시간의 반복과 인간의 감정, 사물의 생명을 리듬으로 생각하면서 거기 내가 존재하는 공간까지도 우주 질서의 리듬으로 바꾸고 싶어 한다.

사계절의 질서 혹은 혼돈 속에서도 눈에 거슬리지 않는 개성은 부상한다. 솟아 보이는 개성과 수더분하게 감싸는 보편성의 조화, 이것을 가능하게 하는 것은 조용한 구심점이 있기 때문일 것이다. 11월은 그 구심점을 리더십처럼 가지고 있다.

구심점이 없는 전개는 산만하고, 요점이 없는 설명은 지리멸렬하며, 중심이 없는 대열은 비뚤어진다. 각각은 자유로워야 하되 지향하는 목표는 설정되어 있어야 한다.

한데 어울려 통할지라도 어지럽게 흘러가는 일은 없어야 한다. 길가에 어우러진 꽃들이 아름다운 것은 그 한 송이 한 송이가 완결을 이루고 있기 때문이다. 11월에는 이들을 허락하면서 이끌어 가는 아름다운 위엄이 있다.

40년 전 일이다

동호대교를 지나자 유난히 거리가 휘황찬란하기에 둘러보니 신사동이었다. 압구정동과 맞붙어 있는 신사동은 성형외과가 많기로 이름이 나 있다. 어떤 빌딩에는 성형외과 간판이 다섯 개인가 여섯 개가 걸려 있다. 비싼 건물 임대하여 저렇게 한 건물에 몰려 있어도 잘 돌아갈까?

몇 년 전까지만 해도 의대생들이 전공과목을 정할 때 성형외과를 제일 많이 선택했고, 성적이 좋아야만 전공할 수 있었다.

그러나 대우가 좋은 만큼 위험도도 높다. 백 번 잘하다가 한 번이라도 실수했다 하면 금세 소문이 나서 패가망신할 수도 있으니, 세상에 쉬운 일은 없다.

중국인들이 우리나라에 와서 성형수술을 많이 하는 모양이다. 간판에 아예 중국어로 설명을 달아 놓은 병원도 있다.

자기가 타고난 얼굴 바탕이 어떤지는 생각지도 않고 무조건 "김태희처럼 해 주세요", "송혜교처럼 해 주세요" 하는 사람들도 있다고 한다.

전철 안에 성형외과 선전을 하면서 수술 전후의 모습을 'before'와 'after'로 보여 준 걸 보면 믿어지지 않을 만큼 차이가 있다. 우리나라 성형수술 기술이 보통 아닌 것 같다.

수능시험이 끝난 후 제일 먼저 하고 싶은 일이 무엇이냐고 물으면, "성형수술이요"라고 대답하는 여학생들이 많단다.

오래된 얘기다.

겨울방학 동안 쌍꺼풀 수술을 한 학생이 있었다. 그 아이는 오빠와 언니가 많았고, 그 집안의 막내였다. 그가 개학 후 달라진 모습으로 등교했을 때 학교는 뒤집힐 듯이 시끄러웠다.

학생은 드디어 학생과로 끌려가서 정학 처분을 받았다. 마치 부도덕한 일을 저지르고 나타난 학생처럼 선생이나 학생들이나 모두 숙덕거리면서 그를 돌려세웠다. 호랑이 담배 먹던 시절의 얘기다.

그때 그 학생도 지금 쉰 살이 넘었을 텐데, 어떤 마음으로 그때를 추억할까? 꼽아 보니 40년쯤 전 일이다.

겨울은
겨울처럼

초창기의 아파트는 중앙난방 시설이었다. 아파트 관리부에서 전 아파트의 난방을 총괄하여 각 가정이 원하는 적정 온도를 생각지 않고 일괄적으로 처리했기 때문에 더워서 고생하는 집도 적지 않았을 것이다.

아직 마흔도 되지 않은 아무것도 모를 나이에 마포구 성산동에 집을 지었는데, 외견상 그럴싸한 것만 염두에 두고 설계를 했다. 아래층에서 위를 올려다보면 천장이 엄청 높고, 그 천장은 바로 2층의 천장이기도 한 집. 영화에서 흔히 볼 수 있는 것처럼 현관에서 2층으로 올라가는 계단까지 막힘 없이 통하는 구조였다.

가끔 친구들이 방문하면 멋지다고 칭찬했고, 우리도 만족스러웠다. 6월에 완공이 되었으므로 여름을 지나 가을, 가을에서 겨울로 접어들 때까지만 해도 그저 좋기만 했다.

그러나 소한, 대한 추위를 겪으면서 난방이 큰 문제점이 되었다. 보일러를 어지간히 돌려서는 집안이 더워지지 않고, 1층과 2층의 터진 공간에는 늘 휑한 바람이 차 있었다.

쓰지 않는 방은 밸브를 잠그고, 너무 그러면 얼까 싶어 다시 풀면서 겨울을 보냈다.

아파트에 사는 친구들을 만나면 한겨울에도 반소매 티셔츠를 입고 지낸다고, 그래도 더워서 성가시다고 했다.

나는 실내에서 옷을 껴입고 지내면서 멋진 집이고 뭐고 다 귀찮고, 아파트에 사는 사람들이 특수층처럼 부러웠다. 결국에는 거실 마루에 가스난로, 전기난로를 번갈아 피웠지만 쾌적하지 않았다.

요즘은 아파트도 모두 개별난방이어서 적정 온도에 맞춰 조절할 수 있는데도 겨울에 반소매 옷을 입고 쓸데없이 과시하는 사람도 있다. 그러나 그것은 겨울을 사는 모습이 아니며, 계절 앞에서의 순리도 아니다.

요즘 내복을 입는 것을 수치로 아는 젊은이들도 있다는데, 겨울이면 내복을 입고 지내는 것이 자연 속에서 살아가는 우리들의 모습, 겨울을 겨울처럼 보내는 예법이 아닐까.

우리도
친척이네요

시댁 조카 결혼식에 가는 길에 우연히 C여사를 만났다. 그도 그 결혼식에 간다고 했다.

C여사는 이름 있는 출판사 사장이다. 나는 그가 기획하는 출판물에 몇 번 참여하면서 그와 가까워졌다. 우리는 서로 신부 측 하객인가, 신랑 측 하객인가를 물었다.

"신부가 시이모님, 손녀딸이어요"라고 내가 말하자,

"그럼 신부 아버지와 이종사촌 간이네. 아주 가깝네요."

C여사가 말했다. 그리고,

"나는 신부 어머니를 이모라고 부르는 사이예요." 덧붙였다.

관계를 더 확실하게 이해하려면 도표를 그려 놓고 설명하자고 하면서 웃었다.

"아무튼 우리는 친척 간입니다. 모르고 지내던 친척을 오늘 찾은 겁니다. 이산가족 찾았으니 언제 한번 찐하게 만납시다."

C여사가 유쾌하게 웃으며 결혼식장에 참석한 자기 형제들에게 나를 소개하였다.

"어머, 바로 그 교수님이세요? 말씀 많이 들었어요."

C여사의 9남매나 되는 형제들이 거의 참석하여 큰 테이블 하나에 둘러앉았는데, 인사를 하고 보니 그들 중에는 국문학과 내 학부모도 있었다. 알고 보면 대한민국 국민 거의가 친척이고, 무슨 관계로든 얽히지 않는 사람은 없다는 말도 나왔다.

서로 바삐 사느라 몇 년씩 연락도 못하다가 결혼식장에서 만나든지 장례식장에서 만나는 게 친척이라는 말에 모두 고개를 끄덕였다. 이렇게라도 해서 비로소 근황을 알게 되고, 몰라보게 자란 후손들의 얼굴을 보게 되니 그나마 다행이라고 하였다.

잘 자란 조카들을 보면서 바야흐로 그들이 주인공으로 날고 있구나, 우리는 지금 배경으로 서 있구나 싶었다. 모두들 얼굴이 변해 있었다. 자식들을 기르고 가르쳐 제힘으로 서게 하느라 고생들을 한 것이다.

C여사와는 다시 본격적으로 '찐하게' 만나자고 하였지만, 언제 만날지 아직 날짜를 잡지 못했다.

아무 때나 친정에
갈 것 아니다

지난 월요일 외국어 강독 시간에 A선생님이 "당신은 친구가 몇 명이나 됩니까?" 물었다.

어떤 수강생이 십여 명쯤은 될 거라고 대답하니까, A선생님은 "그런 친구 말고요, 오밤중에 불러도 달려올 사람을 묻는 겁니다"라고 하였다.

다른 사람들이 대답하는 동안, 나는 그런 친구가 누굴까 열심히 생각하였다. 남자들과는 달리 여자들이 오밤중에 친구가 부른다고 벌떡 일어나서 달려가기는 어려울 것이다.

A선생님은 그럴 수 있는 친구가 두 명 있다고 자랑하였다. 아무 때나 불러내도 대구에서 차를 몰고 올 것이라고.

나는 그가 부러웠지만 그런 친구를 생각해 낼 수 없었다. 그런 친구가 없다면 헛산 것이 아닌가. 답답할 때 벌떡 일어나서 불러낼 친구, 집을 나와 거리를 헤매다가 아무 때나 찾아갈 수 있는 친구.

얼마 전 친구 시영 씨가 서울 근교에 좋은 집을 지어서 이사하고 글을 쓰는 친구 몇을 초대했었다. 초대받은 시인 중 한 사람이,

"시영 씨, 나 부부싸움 하면 이리 올 거야. 방이 많으니까 빌려줄 수 있겠죠?"

"그럼 얼마든지요. 많이 애용해 주세요."

"많이 애용하라니? 부부싸움을 많이 하라는 말이네."

우리는 다 알면서도 실없이 웃었다. 부부싸움으로 뛰쳐나오면 갈 데가 없다. 친구를 찾아갈 수도 없다. 나를 지탱하던 일말의 자존심이 무너지기 때문이다.

더구나 친정에는 갈 수 없다. 부모는 사실보다 심각하게 부풀려 내 인생의 성패를 재단할 게 뻔하다. 나보다도 가슴을 후벼파면서 밤을 밝힐 것이다. 행복한 일이 아니면 친정에 가서는 안 된다.

호텔이나 모텔에 가면 나를 단순한 숙박객으로 대접하지 않을 것이다. 이상한 소문으로 예상치 않던 고통에 휘말릴 수도 있다.

"아, 한 군데 있네, 찜질방. 거기밖에는 아무 데도 갈 데가 없네."

아무도 웃지 않았다. 싸우지 말 것, 싸워도 집을 뛰쳐나오지 말 것, 그것이 최선의 방법이라고 생각하고 있는 것 같았다.

그래도 이만하기 다행입니다

도둑이 들어 값나갈 만한 물건들은 모두 가져갔는데도 그 집 아저씨는 별로 걱정하는 기색이 아니었다.

"물건을 가져갔어도 사람은 해치지 않았으니 얼마나 다행입니까?"

도둑이 휘두르는 몽둥이를 빼앗다가 아저씨의 다리뼈에 금이 갔다는 것을 나중에야 알았다. 그런데 그 집 아저씨는, "허리가 아니라 다리뼈라서 천만다행입니다"라고 하였다.

다리뼈가 상한 것은 몇 주 깁스하고 누워 있으면 괜찮지만, 다른 데에 이상이 없으니 이만큼 견딜 수 있다는 것이었다.

나중에 보니 다리만 상하지 않고 머리도 다쳤는지 자꾸 골이 아프다고 했다. 아마 긴장을 오래했을 것이고, 공포 분위기에서 신경을 썼기 때문일 것이라고 우리가 위로하였다.

"정신은 괜찮으니 걱정할 것 없어요. 이만한 것이 다행입니다."

그날도 그 집 아저씨는 '다행'이라는 말을 여러 번 했다. 어디까지, 언제까지 다행이라고 할 것인가?

그날의 후유증으로 계속 누워 있어도 죽지 않았으니 다행이고, 그러다가 죽어도 함께 있던 다른 가족은 멀쩡하니 다행이라고 할까? 다행이라고 말하는 그 아저씨의 도량과 인내심을 짐작하면서 우리는 그의 긍정적인 생각에 감화를 받았다.

"그래도 이만하기 다행입니다."

"감사한 일이지요."

아무것도 아닌 일을 가지고도 걸핏하면 "큰일 났어요." "어떡하면 좋아요." "나는 왜 이렇게 하는 일마다 안 될까요" 하는 것보다야 열 배나 낫지 않겠는가?

다행이라고 말하고 있는 한 그에게는 별다른 일이 일어나지 않을 것이다.

우선 그렇게 말하는 사람의 마음이 편안할 것이고, 듣는 사람의 마음도 편안하다. 정말 이만하기 다행이라는 생각이 든다.

배달되지 못하는 편지

누가 꾸며 낸 거짓말 같다. 거짓말이었으면 좋겠는데 유감스럽게도 참말이라고 한다. 정보통신부 직원(집배원)이, 편지를 일일이 배달하기가 힘들고 귀찮아서 400통이 넘는 편지를 쓰레기통에 버렸다고 한다.

하도 어이가 없어서 웃음도 나오지 않는다. 기가 막혀서 한탄하였더니, 내 말을 듣고 있던 사람이 그의 무책임한 행동을 이렇게 변명해 주었다.

'도시라면 몰라도 지방에서는 어려움도 있을 거라고, 저쪽 산 아래 동네에서 이쪽 강 건너 동네까지 집이 드문드문 있는 곳을 십 리씩이나 걸어야 할 테니 힘이 들 것이라고.'

그러나 그런 변명은 통하지 않고, 통해서도 안 된다.

"집이 붙어 있으나 떨어져 있으나 힘이 든다는 것이야 누군들 모르겠어요?" 누군가 반박을 하였고,

"굳이 이해하려고 들면 그렇다는 말이지요, 참으로 무식하고 게으르고 미련하기가 이루 말할 수 없습니다."

"그런 사람은 힘이 들지 않은 어떤 일을 맡겨도 비슷한 일을 저지

를 겁니다." 거기 모인 사람들이 한 마디씩 거들었다.

받지 못한 한 통의 편지로 인해 누군가의 운명이 달라질 수도 있을 것이다. 침묵해서는 안 되는 일에 침묵하는 형국이 되어서 일이 엉뚱한 결말을 초래하게 될 수도 있을 것이다. 거기에는 심각한 고백의 편지도 있을 것이고, 오래 미루던 비밀 사연을 적은 편지도 있을 수 있다. 수십 년 동안 만나지 못한 친구가 어렵게 주소를 알아내어 우선 확인하는 편지를 보냈는지도 모른다.

합격통지서, 중요한 초청장, 징집 영장, 독촉장, 해명서, 소환장, 최후 통고장…. 도대체 그 사람은 자기가 무슨 짓을 했는지나 알고 있는지 모르겠다.

내 속 저 안창에도 배달되지 못한 편지가 있다. 해야지, 해야지 생각하면서도 미뤄 왔던 말들. 토로하지 못한 진실. 꼭 했어야 할 사과의 말. 용서를 비는 말. 안 해도 알겠지, 내 마음 이해할 거야, 혼자 진단하고 결론을 내리면서 우물우물 넘어간 일들. 지금 발송해도 때가 이미 늦었다고 억눌러 둔 말들.

더 미루지 말고 오늘이든 내일이든 써서 부쳐야겠다.

모네

아침부터 비가 오지만 모네의 작품을 보러 가기로 했다. 용산 전쟁기념관에서 열리는 미술 전시회, '전쟁'과 '미술'이라는 두 말이 서로 고유의 이미지를 양보하면서 병행하는 것 같다.

처음에는 요즘 화제가 되고 있는 영화를 볼까 했는데, 딸은 하루 종일 앉아 있는 것에 진력이 난다면서 돌아다니는 데이트를 하자고 했다.

액자에 넣은 그림을 전시하는 게 아니라 동영상으로 구성해 놓은 것이었다. 입체적이고 생동감은 있으나 미술 감상을 원하는 사람들에게는 별로 좋은 방법이 아니라는 생각이 들었다.

작년에도 '고흐전'을 이런 방법으로 관람했는데, 이번에도 다시 이렇게 하는 걸 보면 관람하는 사람들의 반응이 나쁘지 않든지, 아니면 전쟁기념관 전시장에 컴퓨터 구성에 노련한 전문 작가가 있을 것이다.

모네의 작품에는 연작이 많다. 호수와 수련, 포플러, 성당 등을 연작으로 발표하였고, 어떤 작품은 같은 것을 여섯 번이나 그렸다고 한다.

그는 죽어서야 유명해진 화가가 아니다. 살아 있을 때부터 작품의 가치를 인정받아 저택을 구입할 만큼 인기를 누린 작가다.

집도 마음에 맞게 계속 개조하고 정원을 꾸미고 확장했단다. 특히 식도락가인 그는 식당을 어떻게 장식할 것인가에 관심이 많았고, 식욕을 북돋는 노란색을 주로 애용했다고 한다.

모네는 광선을 매우 적절하게 표현하였다. 도처에 눈부시게 하얀 햇살을 표현하였는데, 햇살은 햇살만 있지 않고 그늘과 그림자를 불러온다. 사실 원근과 음영—빛과 그림자, 이것만 제대로 표현해도 그림의 반절은 성공하지 않을까.

모네가 고흐처럼 가난하지 않았으며 절박하지 않았다는 것이 그림에도 나타나 있다. 결핵을 앓던 첫 부인과 사별하고 둘째 부인도 백혈병으로 죽었다는데, 인생의 순조롭지 못한 조건들이 그의 예술에 어떤 그림자를 드리웠을까? 동반자의 죽음은 죽음, 예술은 예술, 별다른 영향을 끼치지 않았을까? 돌아오는 길 내내 생각하였다.

침묵은
금이 아니다

침묵이 금이 아니라면, 웅변이 은의 자리로 물러앉을 이유도 없다. 침묵처럼 강렬한 기부는 없다. 해야 할 말을 하지 않고 침묵할 경우, 그것은 상대를 무시하고 고립시키는 행위다.

전에는 특히 남성들의 침묵을 인격과 관련짓기도 했는데, 이제는 아니다. 입을 다물고 침묵하는 사람 중에는 다수의 다른 사람과 생각이 달라서 그럴 수도 있다. 어설프게 '내 생각은 다르다'며 나섰다가 누구를 섭섭하게 하거나 시끄러워질까 봐 지키는 침묵.

침묵하는 사람 중에는 지금 어떻게 돌아가는지, 무슨 말들을 하고 있는지 상황을 모르는 사람도 있다. 하기야 그럴 때도 연신 무슨 말인가를 하는 사람도 있는데, 그런 사람은 대체로 속이 있는 듯 없는 듯 좋은 사람이다.

침묵하는 사람 중에는 실정을 정확히 파악하고 있으면서도 말하기가 싫어서 입을 다물고 있는 사람도 있다. 좌중이 이치에 어긋나는 말로 이러니저러니 열을 올릴 때 어떻게 되어 가는지 꼴이나 보자고 입을 다물고 있으리라.

대부분의 우리는 세상에서 일어나고 있는 모든 일에 참견할 만큼, 참견하여 자신의 의사를 전개할 만큼 유식하지 않다. 그리고 그럴 만한 관심이나 열정도 없다. 어떤 장소에 가면 토론의 주제나 내용이 너무 난해하고 생소하여 입을 다물기도 한다. 좌중이 모두 웃고 있어도 웃지 못하는 처지가 된다는 것은 얼마나 외롭고 비참한 일인지…. 그러나 아무도 웃지 않고 진지하고 심각할 때 혼자 히죽거리는 것도 정상은 아닐 것이다.

누가 마이크를 넘겨주면서 "한 말씀 하시지요"라고 할 때, 손을 좌우로 흔들면서 거절한다면 숫기가 없어서 그럴 것이다. 혹은 그 일에 상관하고 싶지 않거나 버젓하게 내놓을 만한 자기 견해가 없어서 그럴 수도 있다.

내가 침묵을 지키고 있어야 할 만한 처지를 만나지 않기를 바란다. 내 편이라고 생각했던 사람이 내 앞에서 의미 없이 긴 침묵으로 일관하는 상황이 벌어지지 않기를 바란다.

침묵은 더 이상 금이 아니니까.

유행가 한 곡조 뽑고 싶을 때

밖이 어두워지는 일곱 시 오 분 전. 비는 계속 내리는데 마음이 어떻다고 해야 할까, 느닷없이 유행가 한 곡조를 뽑고 싶은 기분이다. 가끔 그렇다. 이럴 때는 내 상태가 그나마 편안한 때일 거다.

조용필이며 패티킴이며 정훈희며 또 누구며, 가수들 얼굴이 스쳐 지나가지만 딱 무슨 노래를 부르고 싶은 생각은 없다. 생각이 있다 해도 가사를 제대로 외울 수 있을는지 모르겠다.

유행가-유행하는 노래. 아무리 이름이 유행가라고는 해도, 한때 인기가 하늘을 찌를 듯이 솟아올랐다가 시나브로 다른 노래에 밀려서 뒤처지게 되는 노래들이 대부분이다.

유행이란 참으로 냉정하게 부침을 반복한다. 언젠가 조용필이 다소 섭섭한 어조로 TV에 나와서 말했었다.

"한 나라의 가수가 국제적으로 알려지면 나라에서도 어느 정도 뒷받침을 해 주고 보호해 주어야 한다고 생각합니다."

그가 꼭 지금 나처럼 말하지는 않았지만 골자는 비슷했다.

그가 해외 공연을 많이 다니고 특히 일본의 주부 팬들이 그의 노래에 정신이 빠져서 조용필의 이름을 연호하던 시절이 있었다.

나는 그때 저 여자들은 무엇 때문에 저렇게 난리를 칠까 생각했는데, 요즘에 와서야 이해가 된다. 조용필은 열정적으로 노래를 부른다. 마치 그 노래를 마친 후에 세상과 결별할 것처럼, 그것이 생애 최후의 노래라도 되는 듯이 온 영혼을 쏟아서 부른다.

요즘 가수들의 노래를 듣고 있으면 조용필의 열정을 더 확실히 알 수 있다. 그들은 입술로 나불거리듯이 알아듣지도 못하게 부르면서 의상과 몸짓들만 요란하다. 노래를 듣고 있는지 춤을 구경하고 있는지 모를 정도다. 그것도 유행이겠지, 이 시대가 지나면 다른 패턴들이 나오겠지,

유행을 초월하여 오래 존재하는 것을 고전이라 부르는 게 아니고, 가치가 꾸준한 것을 고전이라 부를 것이다. 고전이 되려면 인류 보편성에 영합해야 할 텐데, 보편성과 함께 예술성을 가지는 건 쉬운 일이 아닐 것이다.

부르고 싶은 유행가는 한 곡도 부르지 못하고 저녁 내내 쓸데없는 생각만 했다.

하루하루
순간순간

미술반에서 7월 중순부터 한 달간 쉬자고 했다. 수강생들에게도 휴가가 필요하지만, 그보다는 지도하는 선생님이 쉬어야 할 것 같다. 내가 진행하는 문학 강의도 한 달간 쉬기로 했다.

사실 나는 휴가라는 말에 익숙하지 않다. 내게 가장 바쁜 기간은 언제나 방학이니까. 다른 때는 학교 시간표에 묶여 있지만 정해진 수업을 마친 다음이면 동료들과 잡담도 하고 더러는 영화 관람도 하면서 오히려 한가를 누릴 수 있었다.

"선생이란 직업은 방학이 있으니까 얼마나 좋겠어요?"

남들은 방학 한 달이 통째로 비어 있는 줄 아나 보다. "방학이니까, 시간 괜찮죠?" 아주 편안하게 말한다.

나는 나대로 하고 싶은 일들을 모두 방학으로 밀쳐두었기 때문에, 방학이 시작되기 전부터 무한정 늘어나는 고무풍선이 되어 있다. 방학마다 어려운 일들을 과적하여 계산이 어긋난 시간의 용적을 소화해야 한다.

올여름도 전국의 휴양지는 북새통을 이루겠지. 날씨는 뜨겁고 길은 붐비고, 휴가지의 물가는 천정부지로 치솟고, 상수도며 하수도는 정상적으로 흐르지 않을 것이다. 밤과 낮을 구별하지 않는 인파로 몸살을 앓을 것이다.

사전에는 휴가를 '休暇'라 쓰고 '한가하게 겨를을 즐김'이라고 했으나, 휴가는 결코 한가하지 않다. 쫓기면서 짜증을 부리다 보면 즐길 여유가 없다.

조각 시간을 한가하게 보낼 수 없다면 집에서 쉬는 휴가休家가 차라리 낫다. 올여름에도 평소 하던 대로 조이지도 늘어나지도 않고, 낙담하여 가라앉지도 흥분하여 떠오르지도 않고 보통의 템포로 지낼 것이다.

완성하지 못하고 구석으로 밀어둔 캔버스에 색채를 채우고, 모처럼 시작한 연재시도 마감을 충실하게 지킬 것이다.

다른 사람이 생각할 때는 아무것도 아닌 일들, 시시하고 자질구레한 일들을 탄탄하게 마무리해야지. 인생이란 거대하고 엄청난 덩어리가 아니다. 하루하루 순간순간의 집합이다.

갚지 못할 빚

무슨 일을 자꾸 도모하지 말아야겠다. 내가 일을 벌일 때마다 그 일의 뒤쪽 보이지 않는 곳에서 헌신하는 사람들이 있다.

이번에 열었던 시낭송회도 그랬다. 수고한 사람들의 이름이나 소개하고 그냥 넘어갈 수 없을 만큼 고마운 사람들이다.

어제 만난 후배에게 요즘 며칠간의 내 행적을 설명하면서, "예, 그럭저럭 잘 끝났습니다. 그러나 자주 할 일은 아닙니다. 잘 끝났다는 것은 그만큼 폐를 많이 끼쳤다는 말이기도 해요"라고 말했다.

양지가 밝을수록 그늘이 진하듯이 세상 돌아가는 일들이 모두 그렇다. 갚을 수 있는 빚도 있지만 갚기 어려운 빚도 있는데, 앞으로는 빚을 지지 말고, 이미 저질러 버린 빚이나 열심히 갚아야 하는데.

전에는 누가 내게 잘해 주면 기뻤고 선물을 주면 반가웠는데, 요즘은 전혀 그렇지 않다. '어쩌지? 나는 이걸 언제 갚지?' 하는 생각이 들면서 마음이 무거워지는 것이다.

손난숙 선생이 예약해 둔 프로방스에서 하룻밤을 지내고, 아침은 담양문학 박성애 회장이랑 먹었다.

식사 후 죽록원을 한 바퀴 돌았더니 마음까지 깨끗하게 씻고 나온 기분이었다.

담양에서는 서울행 버스가 하루에 몇 번이나 있는지도 생각지 않고 마음껏 여유를 부리다가, 가장 빠른 버스를 알아보니 오후 3시라고 해서 서둘렀다.

보기에는 허술해도 푸짐하고 맛이 있다는 추어탕 집에 가서 점심을 먹으면서 돌아가신 수필가 P선생님을 생각하였다. 그분은 어떤 경우에도 당신이 돈을 지불하셨다. 경제적으로 넉넉하신 분이기는 했지만, 당시 우리는 철이 없어서 선생님의 호의를 밝은 마음으로 받기만 했었다.

"선생님, 감사합니다"로 인사를 다 끝낸 것처럼 여기면서.

어른이라고 모두 베풀려고 하는 것은 아니다. 돈이 있어서 쓰는 것이 아니라 사랑이 많기 때문에 표현했던 것인데…. 요즘 P선생님 생각을 자주 하는 걸 보면 나도 이제 좀 철이 들어가나 보다.

헤프거나
허술하지 않게

오늘은 후배 시인 두 사람을 불러서 메밀국수를 먹었다. 젊고 이쁜 후배들이다. 그중 한 사람은 처음 만났는데 처녀처럼 앳되고 맑았다. 오래전 소설가 박화성 선생님께서 하시던 말씀이 생각났다.

"좋은 사람 있는데 한 번 만나 봐."

"선생님, 저 결혼했어요. 아이가 셋이어요."

"뭐야? 왜 그렇게 빨리 결혼을 했어?"

오늘 만난 후배들도 고등학생 큰아들이 있다고 해서 놀랐다. 젊은이들이 모두 예쁘게 보인다. 그들 중 하나가,

"선생님, 멀리서 뵐 때는 무척 도도하게 보였어요"라고 하였다.

'도도하다'는 말은 어디서부터 어디까지일까? 포장이 허술하지 않다는 말일까? 접근 불가 정도쯤 된다는 것일까? 오만하다는 말은 설마 아니겠지. 나도 우리 어머니를 닮았나 보다.

어머니는 아무하고나 함부로 섞이지 않으려고 했다. 헤프게 웃지도 말고 남들이 떠든다고 거기 함께 참견하여 거들지도 말라고 했다. 시끄러운 장소에는 아예 기웃거리지도 말라고 했다.

어머니는 우리 옷차림을 언제나 깨끗하게 해서 내보냈다.

"굶는 것은 몰라도 헐벗은 것은 안다."

담임 선생님은 항상 깨끗하게 차려입은 내가 부잣집 딸인 줄 알았나 보다. 학교에서 어려운 손님이 오시면 나를 대표로 지목하여 꽃다발을 들고 나가 바치게 했는데, 그때마다 당부하기를 잊지 않았다.

"예쁜 옷 입고 와야 해."

지금 어머니가 곁에 계셔서 내 차림새를 보면 무어라고 하실까? 바지는 사내들이나 입는 옷이라고 하셨는데, 어머니 가신 뒤로 나는 사내가 되었다. 입성뿐만 아니다. 살아가는 법도에 격식을 잃어버리고 편하고 수월한 쪽으로 기울었다.

헤프거나 허술하지 않게, 소란할수록 품위 있고 우아하게, 어머니의 당부대로 살기가 쉽지 않다. 내 몸 하나 제대로 갖추기도 어렵다.

넌 학교에서 무얼 배웠니

학교에서 교과서만 가르치지 않는다. 커리큘럼에 따라 필수과목과 일반 교양과목을 가르치고 음악과 체육도 가르친다.

우리 때는 대학에 입학할 것에 대비하는 시간표가 아니라 한 사람의 독립된 인간, 수준 높은 교양인, 일정한 수준의 지식인을 길러내는 시간표였다. 선생님들은 책에는 없는 선생님의 인생과 세계를 가르쳤고, 학생들은 선생님을 우러러보았다.

요즘은 학교에 자퇴서를 제출하고 아예 집에 들어앉아 가정교사로부터 몇 시간, 학원 선생님한테 몇 시간, 소위 홈스쿨링이라고 하여 전 과목을 집에서 배우는 학생도 있다.

학교를 떠나 독립적으로 배워도 중고등학교 입학 자격시험, 대학교 입학 자격시험에 척척 합격한다. 그러나 집에서 빠뜨린 것 없이 잘 배우고 알아야 할 지식을 다 습득할 수 있다 해도 나는 학교교육을 권장한다.

학교에서 배우는 것은 지식만이 아니다. 친구들과 노는 법, 싸우는 법, 화해하는 법, 친구 삼는 법. 앞문으로 들어갔다가 뒷문으로 나오더라도 학교라는 제도권에서 공부한 사람은 학교에 다니지 않은 사람과 어디가 달라도 다르다.

나는 학생들의 학적부를 들여다보면서 검정고시로 입학한 학생을 마음속으로 우대하였다. 학교에 다닐 수 없는 열악한 가정환경을 생각하면서 그의 의지를 높이 샀던 것이다.

그런데 그들 대부분은 지식은 갖추었어도 예절이나 교양이 모자란다. 선생님이 어떤 존재인지도 모르고, 제 속의 의견을 조리 있게 펼칠 줄도, 타인을 의식할 줄도 모르는 학생이 많다. 물론 다 그렇지는 않지만, 질서의식이나 양보심이 모자란 학생도 자주 눈에 띈다. 혼자 공부했기 때문인 것 같다.

학교에서 복도에 꿇어앉아 벌을 서는 시간도 수업의 한 부분이다. 교실에서 일어나는 크고 작은 일, 다른 학생이 칭찬받는 걸 옆에서 바라보는 것도, 실수를 경험하는 것도 교육이며 훈련이다.

학교에서는 가르치지 않는 것이 없다고 여겼으므로 어른들은, "너는 고등학교까지 다녔다면서 학교에서 무얼 배웠길래 행동거지가 이 모양이냐?" 하고 꾸짖기도 하는 것이다.

그 공백은
공백이 아니었다

'이 작가를 말한다'라는 문학 행사가 오늘 3시부터 '문학의 집'에서 열렸다. 나와 비슷한 시기에 등단한 김 시인이 오늘의 작가로 등장하는 행사여서 시간을 앞뒤로 밀고 당겨서 참석했다. 오늘 새롭게 발견한 일은 김 시인이 세 번째 시집을 내놓은 1982년 이래 22년의 공백 기간을 가졌었다는 사실이다.

진행하는 평론가가 "22년이라는 긴 기간을 왜 침묵하고 계셨습니까?" 물었을 때 시인은, "그 기간을 공백 기간이라고 할 수도 있고 침묵의 시간이라고도 할 수 있으며, 암흑의 시간이라고도 할 수 있을 것입니다. 똑같거나 비슷한 것을 습관처럼 발표하면서 시를 계속 쓴다는 것이 무슨 의미가 있겠는가 하는 생각이 들었습니다"라고 잔잔한 목소리로 대답했다.

'22년의 침묵, 암흑, 혹은 공백 기간에 대하여 후회는 없는가? 침묵을 그치고 다시 시를 써야겠다고 결심한 동기는 무엇인가?'

나는 그것이 궁금하여 묻고 싶었지만, 사사로운 자리에서 물을 수도 있는 문제여서 그만두었다.

하나의 시집을 묶어 낸 다음에는 새 물이 고이듯 경향이 다른 시가 태어난다. 그 경향의 차이가 대단하지 않고 미미한 것일지라도 시집과 시집 사이에 구별되는 특징이 된다.

내 나름으로 해답을 내리자면, 김 시인은 공백 기간을 가진 걸 후회하지 않을 것이며, 그 공백은 공백이 아니라 그를 성숙시키는 계기로 작용했을 것이다. 그리고 침묵을 그치고 다시 쓰기 시작한 것은 시가 시인에게는 우연이 아니라 필연이요 운명이기 때문에 어쩔 수 없었을 것이다.

나는 그의 말을 들으면서 진정한 결단과 용기에 놀랐다. 나는 자성이나 비판 없이 거의 습관처럼 발표해 왔을까? 한번 시작한 일이니까 그대로 계속하는 것이 정해진 길이라도 된다고 생각했을까?

나는 그것이 당연한 일인 줄 알았다. 내 반성과 침묵과 재고는 언제 이루어질 것인가? 내가 모자란 사람으로 생각되는 시간이었다.

잊어버릴 권리

권리權利라는 말이 많아졌다. 아니 권리를 인정받으려 하고 권리를 주장하는 말들이 많아졌다. 재산권, 거주권, 양육권, 이동권, 거부권, 묵비권, 선택권, 발언권, 보장권, 인수권, 결정권, 생존권, 선점권, 선취권, 알권리….

드디어 오늘 아침 뉴스 시간에는 듣기에도 매우 어색한 '잊힐 권리'라는 말까지 나왔다.

처음에는 내가 잘못 들은 줄 알았다. '잊힐 권리'라니? 귀를 기울이고 한참을 생각하였다. 예를 들어 좋지 않은 일을 당하고 그 일을 잊어버리고 싶은데 인터넷상에 떠돌아다녀서 자꾸 기억을 환기시키면 잊어버리고 싶은데도 잊히지 않아, 잊어버릴 내 자유와 권리가 침해를 받는다는 것이다.

듣고 보니 아주 말이 되지 않는 것은 아니구나 싶다. 그러나 거기에 꼭 권리라는 말을 붙여야 하겠는가? 잊어버리고 싶은 마음은 권리가 아니고 소망이다.

권리라는 말이 많아지면 세상이 시끄러워진다. 권리를 찾으려고 하다가 얼른 찾지 못하면 힘을 휘두르려고 할 것이다.

그러다가 급기야는 권리와 권리가 싸우게 될 것이다.

의무라는 말은 사람을 겸손하게 한다. 내가 해야 하는 일, 하지 않으면 다른 사람들에게 폐가 되고 누가 되는 일. 의무를 제대로 행사해야 권리도 찾을 수 있다.

그러나 의무라는 말은 별로 하지 않는다. 남편이나 아내로서의 의무라는 말은 사라지고, 남편이나 아내로서의 권리라는 말만 힘이 세어졌다. 자식으로서의 의무라는 말도 듣기 어렵게 되고, 그 대신 자식으로서의 권리라는 말은 드세어졌다.

언론의 자유, 이동의 자유, 종교의 자유처럼 '권리' 대신 '자유'를 대입할 수도 있을 것이다. 그런데도 권리를 자꾸 부르짖는 것은 쟁취하고 싶은 마음, 힘을 과시하고 싶은 마음의 발동이 아닐까.

되면 좋고 안 돼도 할 수 없다는 식이 아니라, 어떻게 하든지 투쟁을 불사하고 얻어 내려는 마음이 바닥에 깔려 있는 것 같다.

의붓어미와 친애비

식사 준비를 하면서 라디오를 켠다. 아나운서는 이세돌이 알파고에게 연이어 3패를 한 후 첫 승을 거두었다는 소식을 신나게 알렸다. 이세돌이 다시 지더라도 이세돌의 잘못은 아니며 인류의 패배는 아니라고 했다. 알파고는 수십 대의 컴퓨터가 훈수를 두는 가운데 대국하였으니 그것은 엄연한 반칙이라는 말도 나왔다.

아무튼 한 판이라도 이겼으니 기쁘다. 15일에 다시 마지막 대결을 하겠다는데, 나는 이쯤에서 그만두었으면 좋겠다. 그래도 아침 뉴스 중에서 가장 기분 좋은 내용이다.

아버지에게 꾸중을 들은 30대 아들이 아버지에게 손찌검을 했다고 한다. 그 '손찌검'이라는 말 자체도 듣기 싫은데, 도대체 어떻게 손찌검을 했기에 숨을 거두기까지 했을까? 아들은 그 아버지를 암매장했다는 소식도 전했다. 요즘 부모가 자식을 죽였다는 말을 자주 듣는다. 일곱 살 된 아이가 오줌을 가리지 못한다고 목욕실에 석 달 넘게 가두고 하루에 한 끼씩만 주었다고 했다.

의사는 아이가 영양부족과 저체온증으로 죽었다고 발표했다. 부모라는 사람이 죽은 아이를 암매장했다고 하는데, 이것도 바로 고백한 게 아니라 여러 번 거짓말을 하다가 앞뒤가 맞지 않아 들킨 것이다. 계모야 계모니까 그랬다고 치더라도, 친애비가 얼마나 바보병신 천치기에 제 자식이 그렇게까지 되도록 방치했단 말인가? 의붓어미와 친애비가 합세하면 못할 일이 없나 보다.

친애비 친어미인데도 몹시 구타하여 죽인 후 몇 달씩이나(아니, 일 년이라고 했던 것 같다) 시체를 덮어 놓고 미라처럼 말려 놓은 예도 있다. 왜 그렇게 했는가 물었더니 부활을 시켜보려고 그랬다니 어처구니가 없다. 그가 더구나 독일인지 미국인지 유학까지 하고 온 목사라는 데는 더 할 말이 없다.

이제는 무너질 만한 것 다 무너지고 부모 자식 간의 관계도 무너졌는데, 더 무너질 것은 무엇인가? 무너질 것이 더 남아 있는가? 차라리 피가 통하지 않는 알파고에게 맡겨도 의붓어미와 친애비보다 아이를 잘 기를 것 같다.

선거를 앞두고 야당과 여당이 후보자를 세우는데, 제외된 사람이 밥그릇 빼앗겼다고 반발한다는 소식도 뉴스라고 전했다. 아침밥은 먹었지만 소화가 제대로 되지 않을 것 같다.

시인과 모국어

명동에서 선배를 만나 점심을 먹고 차를 마시고 서둘러 들어오니 오후 6시였다. 명동은 흘러간 명동일 뿐 이제는 한산하다는 말을 들었는데, 오늘 명동은 여전히 생기발랄하고 풍성하였다. 특히 롯데백화점, 조선호텔 근처는 중국과 일본 여행객들의 무대였다. 그들은 남대문시장을 쇼핑의 중심지로 삼는다고 한다.

60년대 명동은 돌체니 쎄시봉이니 하는 뮤직홀이 많았고, 거기서는 주로 국문과 학생들이 주최하는 '문학의 밤'이 열리곤 했다. 요즘으로 치면 아이돌 가수들의 행사처럼 인기가 있었다. 지금 그런 행사를 한다면 청중들이 있을까? 문학은 고독한 섬으로 밀려난지 오래되었다.

선배는 문단의 숨은 역사, 왜곡되어 전해진 일화들을 '아니야, 내가 직접 그 자리에 있었는데'라는 말을 삽입하면서 바로잡았다.

우리가 스스로 무엇인가를 과시하려고 애쓰지 않아도 각자의 이미지는 저절로 형성되고 정리가 되는구나, 그리고 그것은 후세 사람들에게 공통의 그림으로 남게 되는구나 생각하였다.

밖에 나오니 눈이 꽤 많이 쏟아지고 있었다. 나는 어제 집을 나와서 미국에서 잠시 귀국한 친구 S와 함께 지냈다. 그 친구와 을지로 3가에서 3호선으로 갈아타야 하지만, 친구는 일산 쪽으로 나는 반대쪽으로 갈라져야 한다. 우리는 가다가 돌아서서 손을 흔들다가 다시 멍하니 한참을 서 있었다.

"시인은 모국어권에 살아야 해."

"나는 '재미 시인'이란 말이 듣기 싫어."

그가 어젯밤 쓸쓸하게 되뇌던 말들이 생각난다. 모레면 다시 미국으로 돌아가는데 좀 더 시간을 함께 보낼 걸. 내가 너무 서둘렀다는 생각이 들어서 전철 안에서 내내 후회하였다.

눈은 계속 내리고 길이 얼어붙어서 조심조심 천천히 걸었다.

"S와 저녁까지 먹고 들어온다고 하지 않았어?"

오늘은 애 아빠까지 왜 이렇게 너그러운가. 밤길이 싫고 미끄러운 땅에 자신이 없어서 서둘렀다고 했다. 생각해 보니 내가 정말 그랬던 것 같다.

당신은 날마다 시를 쓰십니까?

오늘 일본어 교실에서 선생님이 내게 물었다.

"당신은 날마다 시를 쓰십니까?"

나는 망설이지 않고 대답하였다.

"물론입니다. 나는 날마다 시를 씁니다. 적어도 하루 한 편씩은."

그렇게 대답하고 났더니 마음이 이상하게 허전하였다. 허풍을 떨면서 오답을 내놓은 듯한 자책감이 들었다.

내가 날마다 시를 쓴다고 말했으니 듣는 사람들은 일 년이면 삼백육십오 편의 시가 쌓인다고 생각할 것이다.

집에 돌아와도 마음이 편치 않았다. 한 편의 시를 완성하려면 짧으면 며칠이지만, 길게는 몇 년이 걸린다는 말을 하지 않은 것은 잘못이었다. 강의실에서는 유창하게 일본어로 말을 해야 하니까 단어가 얼른 생각나지 않을 수도 있고, 당황하다가 말이 막힐까 봐 입에서 나오는 대로 쉽게 대답했던 것이다.

원고 청탁이 오면 시를 써서 보내지만, 내가 쓰고 싶을 때 쓴 것도 마음에 들지 않는다고, 어제는 대수롭지 않게 생각했던 표현이 오늘은 제법 괜찮은 듯하여 날개를 단 듯 행복해진다고, 쓴 시를 오래 묵혀서 다시 읽고 고치고 또 고치면서 여과하고 완성하느라 날마다 시를 마주하고는 있어도, 날마다 시가 무엇인지 모르겠다고, 언젠가는 일본어반 수강생 앞에서 사실을 고백해야 마음이 편할 것 같다.

원일본어 선생님은 솔직하고 순수하다. 국내 어느 문학지에 번역문학가로 등단하였으니 시가 무엇인가를 알고 있는 사람일 것이다.

사방에 일본어 강의가 많지만, 내가 그의 수업을 선택한 것은 그가 문학의 대열에 서 있기 때문이다. 비록 거기 몰두하여 열심히 하지 못하고 겨우 수업시간에나 맞추는 정도, 일주일에 몇 마디씩 지껄이는 것으로 만족하는 정도지만.

"당신은 날마다 시를 쓰십니까?" 이 물음에 나는 그렇다고 했다. 선생님은 내 대답에 만족하였지만, 수강생들은 스트레스를 받았을지 모른다. 날마다 시를 써야 시인이란 말은 정말로 맞는 말인가?

무작정 걸었다

걷기 위해서 저녁을 일찍 먹어치웠다. 말하고 보니 순서가 바뀐 것 같다. 저녁 식사를 즐기기 위해 대강 걸었다고 해야 낫지 않을까. 그러나 요즘 내 습관으로는 먹기보다 걷기가 우선인 것 같다.

그는 헬스센터에 다녀와서 저녁 식사를 하므로 다시 걷는 건 무리겠지. 혼자 걸었다. 사실 혼자 걷는 것이 좋다. 동행자가 있으면 지루하지는 않지만 아무래도 열심히 걷지는 못할 것이다.

가끔 가까운 곳에 사는 K가 전화나 문자로 묻는다.

"교수님, 지금 어디세요? 산책 함께 하지 않으시겠어요?"

나는 시간을 일부러 뒤로 늦춰 잡아서 알린다. 6시 30분쯤 미리 나가 걸을 만큼 걸었을 7시 30분쯤으로 만날 시간을 잡는 것이다. K는 이야기꾼이어서 그의 얘기를 듣다 보면 어디든 차분히 걸터앉아서 진지하게 들어야 할 것 같고, 걸터앉으면 걷고 싶은 마음이 없어진다.

걷는 일에는 친구가 필요하지 않다. 친구의 얘기에 대꾸하지 않으면 너무 성의 없이 대하는 것 같고, 얘기가 재미없어서 입을 다문 줄 알 것이다. 어느 쪽이든 자꾸 주절거리면 상대방이 피곤하든지 내가 피곤할 것이다. 앞서거니 뒤서거니 하면서 속도와 보폭을 맞추어야 하는데, 여러 사람이 왕래하는 길에서 그것도 여간 마음 쓰이지 않는다.

K가 전화를 한 것은 함께 걷고 싶어서가 아니라, 만나서 밀린 이야기나 하자는 뜻이었을 거다. 가끔 생각지도 않았던 사람을 산책길에서 마주칠 때도 손바닥 한 번 딱 마주치고 몇 마디 나눈 다음 각기 가던 방향으로 전진해야 한다.

인생의 대로에서 만난 사람들도 마찬가지다. 마주치는 사람들이 반갑다고 그때마다 가던 길을 멈추고 옆길로 빠진다면 아무 일도 완성할 수 없겠지.

일찍 저녁 식사를 하고 이런저런 생각을 하면서 천천히 걸었다. 6시쯤 집에서 나갔는데 8시가 넘어서 돌아왔다. 왕복 두 시간, 너무 긴 것 아닌가?

이향아 에세이

새들이 숲으로 돌아오는 시간